KB070999

대통령
생각
요리법

대통령 음식 요리는 대통령 건강을 위하여
대통령 생각 요리는 나라 건강을 위하여

대통령 생각 요리법

초판 1쇄 2017년 09월 25일

지은이 이상희
발행인 김재홍
디자인 최동숙
마케팅 김학진·최동숙

발행처 도서출판 지식공감
등록번호 제396-2012-000018호
주소 경기도 고양시 일산동구 견달산로225번길 112
전화 02-3141-2700
팩스 02-322-3089
지식공감 www.bookdaum.com
녹색삶지식원 www.greenlife.or.kr

가격 12,000원
ISBN 979-11-5622-316-0 03810

CIP제어번호 CIP2017024381
이 도서의 국립중앙도서관 출판예정도서목록(CIP)은 서지정보유통지원시스템
홈페이지(http://seoji.nl.go.kr)와 국가자료공동목록시스템(http://www.nl.go.kr/
kolisnet)에서 이용하실 수 있습니다.

대통령 음식 요리는 대통령 건강을 위하여
대통령 생각 요리는 나라 건강을 위하여

대통령
생각요리법

전두환, 노태우, 김영삼, 김대중 네 분 대통령,
서어몬드 9선 미국 상원의원… 맛있는 설득논리

저자 이상희에게

|정보기관| 대통령 설득논리를 배우도록
|유권자| 15대 총선에서 최다득표 제공

|민주적 생각 요리법|진리는 상식!
진리와 사랑을 바탕으로
대통령은 국민입장에서,
국민은 대통령 입장에서의
맛있는 생각 요리법

창조 청춘!

팔순의 이상희님께

황폐한 땅, 언제나 멀리 앞서 계셨습니다.

임께서 갈아엎은 땅은 이내 비옥해졌습니다.

IT강국, 과학한국의 길을

가슴 벅차게 열어 오셨습니다.

기술정치의 일념으로

천 년을 흐를 물줄기를 만드셨고,

과학 대통령으로서 청소년 과학 영재교육

그리고 특허전쟁시대,

녹색삶의 길잡이로서

지혜와 창의 창조로움의 말을 달리셨습니다.

선구자의 종심은 눈부셨습니다.

더욱 건강하셔서

늘 부족한 저희와 후손들을 지켜주시길

한마음으로 기원합니다.

보좌진 일동 올림

감사! 감사합니다.

감사한 마음을 담아,

팔순의 지혜로 창의 창조의 사랑하는 후진을 위하여

이 책을 발간합니다.

－

저자 이상희

글머리에

이 책의 발간 동기는 무엇일까?

이 책은 현실 정치 문제를 거론하려고 하는 것도 아니고, 특정인의 무용담을 늘어놓고 자랑하려고 하는 것도 아니다.

오늘날 우리의 현실은 어떤가?

청년들이 꿈과 열정으로 미래를 개척해야 하는데, 90%의 청년들이 암담한 미래 앞에 무기력과 좌절감에 빠져있다.

하루빨리 이 나라 미래 주인공 청년들이 좌절감에서 벗어나 창의 창조의 미래를 향해 달려야 할 것이다.

이제 기성세대도 과거 이야기의 정치사건이나 무용담만을 늘어놓을 것이 아니라, 미래지향적, 창의적 사고를 가지고 다소 이상하고 희한하더라도 젊은이들과 함께 고뇌하고 몰두하는 모습을 보여주는 것이 필요하다고 확신하면서, 이에 창조청년의 혼을 담아서 이 책을 펴낸다.

　특히 올해 팔순을 맞이하여, 일생 동안 산업계, 학계, 그리고 정치, 행정을 비롯하여 이공계와 인문계를 두루 섭렵했던 파란만장한 저의 경험을 바탕으로 미래를 지향하는 창조적 관점에서 편집한 이 책자 발간으로 팔순 기념행사를 대신 하고자 한다.

　이 책이 출간되기까지 많은 분들, 특히 부산 지역의 녹우회와 부산지역 보좌진들의 녹지회, 서울 지역 보좌진들의 녹심회와 동료 동지들의 녹색회, 그리고 학연 지연의 선후배 동료들이 언제나 정신적 지원자였다. 이 지면을 통해 거듭 감사드린다.

　그리고 이 책 발간에 직접 참여하신 분들! 제 집안의 내자, 연구원의 김학진 부원장, 최동숙 실장, 이영신 본부장, 그리고 출판을 앞당기기 위해 원고 정리에 고뇌하신 한국

대통령 생각 요리법

스토리텔링연구원 이가희 박사와 지식공감 출판사 대표 및 편집진 여러분께 진심으로 감사드리며, 국가를 위해 봉사하고자 이곳저곳 연구원을 끌고 다니며, 더부살이를 하고 있는 와중에 이렇게 편하게 연구원 공간을 마련해 주신 (주)참존의 김광석 회장님께 무한한 감사의 인사를 올린다.

특히 글로벌화시대, 4차산업혁명시대, 지식두뇌시대에서, 강대국 틈새의 고래싸움에 새우등 터지지 않게 오히려 어부지리를 취할 수 있도록 고뇌하시며 애국하시는 국정 참여 관계자 분 모두와 사랑하는 형제자매 국민 모두에게 이 글이 창조 창의 정신을 보태드리는 데 도움이 되었으면 한다.

2017년 9월에
녹색삶지식원 연구실에서 이상희

이상희의
이상하고 희한한 이야기들

대통령 생각 요리법

이상희의
국민 경제를 위한 안타까운 아우성

이상희의
이상하고 희한한 생각의 시작

1. "이 의원!
국회에 가상정보가치연구회라니!
도대체 가상정보가치라는 게 뭐죠?"

15대 국회의원으로 활동하던 때였다.

가상정보가치연구회에 참석한 의원 중 한 분이 던진 질문이다.

"이 의원, 이 의원이 들어오라 해서 연구회에 들어오긴 했는데, 국회에 가상정보가치연구회라니! 도대체 가상정보가치라는 게 뭐죠?"

　강창희, 이부영, 이재오, 홍사덕, 김기춘 의원 등으로 구
성된 『가상정보가치연구회(대표 및 연구책임: 이상희)』가 「21
세기 지식국가 발전을 위한 지적재산 라운드 대응방안」에
관한 연구 활동을 시작하려고 첫 모임을 가진 때 있었던 일
이다.

　20여 년이 지난 오늘에 이르러서도 국회에서 가상정보
가 무엇인지를 답할 의원이 몇이나 될까?

　지금 우리는 4차 산업혁명시대 속에 와 있다.

　농업혁명, 산업혁명, 정보혁명에 이어 지식산업으로 가
는 지식혁명 시대! 이제 지식산업은 국가의 운명을 판가름
하는 핵심 요소가 되었다.

　뼈아픈 과거 역사는 무엇일까?

　일본 등 세계 열강제국들은 산업혁명을 통해 산업국가
로 탈바꿈했다.

우리는 역사 발전을 외면하고 안방의 농업국가에 안주했다. 이로 인해, 약소국이 되고 드디어 일본의 식민지가 되었다.

이제 또 역사적 실패를 반복해야 할까?

가치를 현금이라 한다면, 정보가치는 보증 수표인 셈이다. 가상정보가치는 바로 어음의 역할을 하게 된다.

그렇다면 4차 산업 혁명의 핵심은 무엇인가?

어음에 해당하는 수많은 가상정보가치가 인공지능(AI), 사물인터넷(IoT), 빅 데이터(big data), 클라우드(cloud) 등을 활용하여 시간과 공간을 초월하면서 세계경제의 혈맥을 만들고 있다.

20년 전에 이 가상정보가치의 중요성을 인식하고 국회에서 이것에 대한 연구를 시작한 이상희는 그야말로 지극히 비현실적이고, 이름처럼 이상하고 희한한 괴짜였음이 틀림없는 것 같다.

2. 약 20년 전 이상희가 '십만해커양병론'을 외쳤는데… 왜? 왜?

이율곡 선생의 '십만정예양병론'을 무시했던 조선은 임진 왜란의 혹독한 시련을 겪었다.

이제 20년 전 이상희의 십만해커양병론 주장을 경청하 지 않았던 대한민국의 오늘은 어떤가?

북한의 핵 위협에 속수무책인 셈이다.

만약 북한이 첨단 전자장비로 핵무기 장착 미사일을 조정
하더라도 우리는 전자 컴퓨터보다 고성능의 양자 컴퓨터를
개발하고, 인공지능(AI)을 활용하는 십만정예해커를 운영한
다면 북한이 설령 남쪽으로 핵미사일을 발사하더라도 그 미
사일을 북한으로 되돌아가게 할 수 있을 것이다.

드디어, 육해공군이 아니라 사이버 해커 군이 국방을 담
당하는 시대가 오고 있다.

3. 남녀 국민개병제로 4차산업혁명의 전자군복무제도를 도입해야

오늘날의 사회 활동, 특히 현대 사회에 있어서의 상거래는 온라인(on-line) 분야가 오프라인(off-line) 분야를 압도하고 있다.

군(軍)도 온라인의 전자군(電子軍) 편제를 도입하고, 우수 이공계 인력은 군 복무를 우수연구소에서 연구 복무하게 하고, 우수 연구 성과를 내면 군복무기간 단축, 직

대통령 생각 요리법

 무발명보상금 지급 등으로 시장 경쟁적 연구 분위기를
조성해야 한다.

 여성은 이스라엘처럼 교육, 통신, 보건 분야에서 온라인
(On-line), 오프라인(Off-line)근무를 선택하게 하면, 유태
인 어머니(Jews Mother)를 능가하는 한국 어머니(Korea
Mother)가 배출될 것이다.

 지식국가의 초석인 우리 어린이들은 세계최강 골프실력을
가진 한국 어머니로부터 21세기 다빈치로 거듭날 것이다.

4. 제3차 세계대전은
인간과 인간과의 전쟁이 아니라
인간과 바이러스와의 세계전쟁!

브루스 윌리스 주연 영화 〈식스 센스〉는 놀라운 반전을 실감나게 한다. 유령의 실체를 파헤치던 주인공은 바로 자신이 유령이라는 사실을 깨닫는다.

영국 과학자 제임스 러브록은 지구를 하나의 초생명체 '가이아'로 정의하며, 지구 스스로 건강을 유지하기 위한 생명활동을 한다고 정의했다.

　인간은 지구생명의 보호자가 아니라, 지구생명의 파괴자라는 엄청난 반전 반전이 오늘 우리에게 닥쳐진 현실이다.

　이제 지구생명체는 드디어 자신을 부단히 괴롭히는 인간에게 선전포고하고 있지 않은가?

　그것이 바로 병원성 바이러스의 총동원이다. 독감, 조류인플루엔자(AI), 구제역 등 바이러스의 국지전, 게릴라전을 거쳐 전면전인 '제3차 바이러스 대전'이 다가오고 있다.

이상희의
이상하고 희한한 이야기들

1. 네 분의 창조과학대통령 극진히 모시기

❶ 전두환 대통령

"각하! 우리는 6·25전쟁 때보다 더 많은 사상자가 발생할 수 있는 **간염 전쟁** 중입니다. 인구의 12%가 **간염보균자**입니다. 무기국산화가 절실합니다. 그것은 **간염백신 국산화**입니다. 각하의 결단으로 가능합니다. **한국의 파스퇴르 총사령관**이 되십시오!"

한나라당에서 정책조정실장을 맡고 있던 때였다.

당시 여당 정책조정실장 정도면 가끔 청와대로 들어가 대통령께 국가 정책을 보고하는 기회를 가질 수 있었는데, 저는 '대통령께 무엇을 보고해야 할까?' 늘 고민하고 있었다.

일반적으로 9명의 전문위원이 뒷받침하고 있는 정책조정실장의 정책 건의들은 항상 찬반의 양면성이 있었다. 찬반의 갈등구조가 아니라 미래지향적, 창의적, 합리적 정책 건의를 과학기술분야에서 찾기로 작정했다.

그런데 고민이 되었던 것은 일반적으로 과학 기술에 대한 내용들은 감성적이지 못하고, 그래서 흥미도 없을 뿐 아니라, 긴박감도 없어서 관심을 끌 수가 없는 것이 대부분이어서 무엇을 어떻게 보고해야 할지 고민 고민했었다.

그래서 생각한 것이, 정치는 현실이니까 현실 문제와 관련되는 국민적 고뇌의 문제 중에서 찾아야겠다는 생각이 들었다.

그 결과 문득 떠오른 것이 간염과의 전쟁이었다.

당시 우리나라는 국민의 12%가 간염 보균자였는데, TV와 신문 방송 등 언론 매체들은 연일 간염 관련 기사들을 쏟아냈고, 의학계는 일상생활을 통한 간염의 감염 문제로 초긴장 상태였으며, 국민들의 불안감은 나날이 높아져만 가고 있었다. 그래서 간염 문제는 정부의 급선무 가운데 하나로 대두되고 있었던 것이다.

사람과 사람과의 전쟁은 휴전이 있는데, 사람과 병원균(바이러스)과의 전쟁은 휴전이 있을 수가 없다. 서민들, 특히 달동네에는 영양실조로 간염 보균자가 더 많았다. 간염 전쟁을 치르기 위해서는 간염백신이라는 무기가 있어야 하는데 우리는 아직 국산화를 하지 못한 상태였다.

그런데 이것을 어떤 식으로 보고하는 게 좋을지를 궁리하다가, 전두환 대통령은 군인 출신이니까 이것을 '전쟁논리'로 보고해야겠다는 생각이 들었다. 다만 전쟁논리로 이야기를 전개하려면 전쟁에 관련되는 고도의 전략이 뒷받침되어야겠다는 생각이 들어서, 이에 대한 철저한 준비에 골몰했다.

당시 간염 백신은 미국의 '멀크'와 프랑스의 '파스퇴르' 두 회사에서만 생산되고 있었는데, 이 간염 백신 주사를 맞으려면 한 사람당 3~4만 원씩, 그것도 3번을 맞아야 했다. 이 금액은 결코 적은 금액이 아니라서 당시 경제사정으로는 전 국민이 이 주사를 맞는다는 것은 엄두도 못 낼 일이었다.

그래서 저는 다시 '이 간염백신을 국산화할 수는 없을까?' 하는 고민에 빠지게 되었다.

그런데 그때 마침 다행히도 우리나라는 제가 제정 입법한 '유전공학육성법'이 있었고, 이 법에 의해 '유전공학학술협의회'가 구성되어 있었다. 여기에 소속된 국내외 전문가들로부터 이에 관한 자문을 받을 수가 있었다.

저는 이 전문가들로부터 간염 백신에 관한 미국 FDA 허가 기준이, 아프리카에 있는 특정한 침팬지 실험에 묶여 있다는 것을 알게 되었다.

특히 환경 보호론자들의 보호를 받고 있는 침팬지를 한국 같은 개발도상국가들은 입수할 수가 없었다. 이 허가 기준으로서는 도저히 백신 국산화는 불가능한 것이었다. 결국이 백신은 미국과 프랑스만이 독점 생산할 수 있도록 보호막이 형성되어 있었던 셈이다.

 그런데 이 간염백신은 유전공학방법으로도 충분히 대체할 수 있다는 것이 학자들의 공통된 의견이었으며, 이것을 국산으로 하여 만들게 되면 수입 백신의 10분의 1 가격 정도에 생산 공급될 수 있다는 분석이 나왔다.

 결국, 저는 몇 차례의 어려운 시도 끝에 미국의 조지타운 대학 로스쿨에서 함께 공부한 미국 변호사들의 도움을 받아 간염전문의인 서울의대 김정룡 교수와 가톨릭의대 정환국 교수와 함께 미국 식약청장을 직접 만나는 일정을 세웠다. 물론 방문 목적은 '간염백신을 침팬지의 실험을 통하지 않고 유전공학적 방법으로 대체할 수 있는지 그 가능성 여부에 관한 미식약청의 의사 타진'임을 미리 전달했다.
 저는 미 FDA 청장과의 면담을 '과학적 논리보다는 인문학적 논리로 설득해서 목적하는 해답을 얻어야겠다.'고 마음먹었다.
 미국 로스쿨에서 수학하면서 느낀 점은, 유명한 변호사들이 법률적 논리보다는 인간적 기본 상식, 그리고 머리보다는 가슴으로 변론한다는 것이었다.

FDA 청장과의 의례적인 인사를 마치고, 비(非)FDA적 질문을 던졌다.

"미국이 추구하는 최고의 가치가 무엇입니까?"

그는 다소 의외의 질문에 조금 당황해하는 눈치였다.

"휴머니즘, 인간 생명의 존중 아니겠습니까? 그런데 식약청은 인간 생명존중의 슈바이처 정신을 실현하는 기관이기에 청장님을 개인적으로 존경합니다."

저는 다소 어설픈 영어로 천천히 말을 이어갔다.

"사실 저는 가난하고 아픈 사람을 돌봐주는 것이 휴머니즘의 기본이라고 생각합니다. 한국은 지금 간염 보균자가 전체 국민의 12%나 됩니다. 더욱이 6·25 전쟁의 폐허 속에서 경제 수준도 낮고, 환자들의 대부분은 판자촌이나 달동네와 같은 열악한 곳에 사는 사람들이 대부분입니다. 그분들을 뵈면 과학 정치가로서 미안한 마음 밖에 들지가 않습니다. 한국이 침팬지를 입수해서 백신 개발하는 것도 불가능하고, 3~4만 원 정도의 수입 간염백신주사를 맞는 것도 불가능한 일입니다. 그래서 이 간염 백신을 유전공학기법으로 국산화해서 인류애를 실현하는 데 청장님의 조언이 필요합니다. 한국 국내 학자들은 침팬지 실험 대신 유전공학기법을 대체하더라도 안전성과 약효에 아무 문제가 없다고 주장하고 있습니다. 그래서 전문가인 교수님 두 분을 모시고 왔습니다. 청장님의 의견은 어떠신지요?"

저는 솔직하게 털어놓고 사정하다시피 설명하면서 아양을 떨었다.

그런데 제 모습에 감동했는지, 정말 뜻밖에 긍정적인 대답이 나왔다.

"한국 같은 나라는 유전공학기법으로 대체할 수 있을 것 같습니다."

이 말을 듣는 순간 저는 마음속으로 환호했다.

청장의 생각이 바뀌기 전에 뭔가 확실히 매듭을 지어야겠다는 생각으로 녹음기를 꺼내들었다.

대통령 생각 요리법

"청장님의 이야기를 녹음해도 되겠습니까? 단, 이 녹음은 한국에 돌아가서 대통령 한 분께만 이 백신개발을 위한 보고용으로 사용하겠습니다. 녹음을 허락해주시면 고맙겠습니다." 했더니 흔쾌히 허락을 해주어서, 두 교수를 증인으로 하고 그 FDA 책임자와의 이야기를 녹음해왔다.

마침내 어느 날 청와대에서 대통령께 국정보고를 할 수 있는 기회가 마련되었다. 당 대표를 위시하여 사무총장, 원내총무, 정책위 의장 등 몇 사람이 청와대로 들어갔다.

당시 청와대 분위기는 여느 때와 마찬가지로 긴장감이 맴도는 상황이었고, 정책보고의 대부분은 대체로 찬반 논의가 많았다.

과학기술에 관한 보고는 절박한 현실성이 없기에 항상 맨 뒤 순서가 되었다.

마지막으로 제 차례가 오자, 대통령 앞에서 전투적 자세로 입을 열었다.

"각하, 전쟁은 두 종류가 아니겠습니까?"

과학 기술에 관한 보고를 할 차례인데, 갑자기 전쟁에 관한 이야기를 꺼내니까, 대통령의 눈이 다소 휘둥그레졌다.

"무슨 이야기요?"
대통령이 날카로운 시선으로 저를 바라보면서 물었다.

"전쟁은 두 종륜데, 그중 하나는 사람끼리 치르는 전쟁이고, 다른 하나는 눈에 보이지도 않는 병원 미생물과의 전쟁 아니겠습니까? 그런데 사람끼리 하는 전쟁에는 휴전이 있지만, 병원 미생물과의 전쟁에는 휴전이 불가능합니다. 각하께서도 잘 아시겠지만, 우리나라는 지금 간염과의 심각한 전쟁 속에서 인구 12%가 예비 전사자로 몰리고 있습니다. 그런데 아직까지 우리나라는 이에 대항할 만한 국방 전략과 무기 국산화 정책이 미약합니다."

"그렇지!"
전두환 대통령은 연신 고개를 끄덕이며, 보고를 경청했다.

"지금 백신을 수입하면 1인당 3~4만 원인데 이것을 전 국

민 상대로는 도저히 쓸 수가 없습니다. 국산화를 하면 2천
~3천 원이면 충분하답니다."

대통령은 저의 설명을 믿을 수가 없다는 듯이 다그치며,
"아니, 그게 어떻게 가능할 수 있소?"

그래서 미국 FDA 식약청장을 만나기까지의 자초지종을
보고 드리면서, 주머니에 넣어 두었던 녹음기를 꺼냈다. 모
든 사람들의 시선이 녹음기를 향했고, 저는 미국 FDA 책임
자와의 녹취록 내용을 들려주었다.

"하하하!"
대통령은 호탕하게 웃으며 무릎을 탁 쳤다.
그리고 국군 통수권자답게 곧바로 담당수석비서관을 불
러, 이에 관한 행정조치를 즉각 시행토록 불호령을 내렸다.
그 모습은 마치 승전 최고 사령관 같았다.

대통령은 너무도 감동적이고, 기분이 좋아서, 곧 비서실
장을 불렀다.

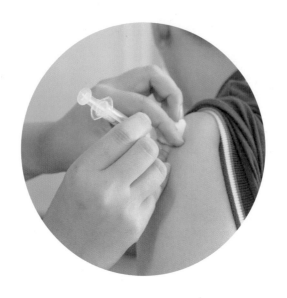

"실장! 오늘 오찬 약속은 취소하고, 당료들과 축하 오찬을 준비하시오!"

덕택에 청와대 방문단은 발렌타인 30년산까지 동원된 진수성찬의 오찬을 하게 되었다.

당료들이 청와대에서 처음으로 맛보는 기쁨의 순간을 갖게 되었다.

이후 간염백신의 국산화는 녹십자에 의해 바로 실현되어

대통령 생각 요리법

3천 원 정도로 주사를 맞을 수 있게 됨으로써 한 해에 약 4천억 원 정도의 국민 부담을 절약할 수 있었으며, 이 일로 대한의학협회에서는 제게 감사패를 주었다.

지금 와서 돌이켜보면 대통령이라는 자리는, 여러 사람의 기도 살리고, 불가능도 가능하게 할 수 있는 자리임을 실감한다.

앞으로는 치매전쟁, 전 국민 치매전쟁에 국가 총력을

그 당시가 간염과의 전쟁이었다면 앞으로는 무엇과의 전쟁을 치러야 할까?

이제 지식사회로 가면서 두뇌는 혹사당하고, 사회는 노령화되고 있다.

2017년 우리나라 노인(65세 이상) 중 치매 환자는 72만5천 명으로 추산된다. 노인 10명 중 1명(10.2%)이 치매를 앓고 있는 셈이다. 2024년에는 100만 명, 2041년에는 200만 명, 2050년에는 270만 명을 넘길 것이라 예측된다.

문재인 정부는 치매와의 전쟁을 선포했다.

대통령은 의사 등 전문가들의 기를 살려주고, 행정부는 규제중심의 바이오(Bio) 행정을 개발 중심으로 바꾸고, 입법부는 치매특별법을 제정할 때다.

10년 전 저는 국회에서 뇌연구촉진법을 제안하여 법이 제정될 수 있도록 해놓았는데, 그때도 역시 '국회가 무슨 뇌연구촉진법을 제정하느냐?'고 의아하게 생각하던 의원들이 많았었다.

이 법이 제정됨으로써 6년 전에는 대구에 한국뇌연구원을 설립할 수 있었다.

일본은 물리 화학을 하는 기초연구소가 뇌신경연구소로 바뀌었다.

이것은 시대의 변화를 의미하는 것이다.

그래서 우리도 이제는 이에 대비하여야 할 것이다.

"각하!
방위산업은 국방력 강화와 민수산업발전
의 견인차라 합니다.
이를 실현한 분이 링컨 대통령입니다.
대한민국의 링컨 대통령이 되십시오."

노태우 대통령 때의 일이다.

노태우 대통령은 합리적이고 온건한 성격의 소유자로서 전임 대통령인 전두환 대통령과는 사뭇 일을 처리하는 방식이 달랐다.

전두환 대통령이 군 지휘관으로서의 명쾌한 일 처리방식을 가진 진두 지휘형 대통령이라면, 노태우 대통령은 여러 사람의 의견을 종합하는 참모형 대통령이라 할 수 있다.

이런 노태우 대통령을 설득시키려면 좀 더 깊은 연구가 필요했다.

"각하, 제 생각으로는 각하가 대한민국의 링컨 대통령이 될 수 있다고 생각합니다. 전두환 대통령이 조지 워싱턴 대통령이라면, 각하는 조지 워싱턴 대통령보다 역사적 업적이 훨씬 많은 링컨 대통령이 될 수 있습니다."

저의 말에 다소 겸연쩍어하며, 노태우 대통령은 말을 막았다.

"아니, 링컨 대통령은 노예해방을 시켰고, 또 누구나 에게도 너무 잘 알려진 '국민의, 국민에 의한, 국민을 위한(of the people, by the people, for the people)' 민주주의를 정의한 대통령인데, 내가 어찌 감히 링컨 대통령에 비유될 수 있겠소!"

대통령의 말씀에 제가 얼굴에 미소를 띠면서 차분하게 설명했다.

"각하, 각하께서 말씀하신 사항은 표면상으로 노출되어 있는 역사적인 사실이긴 하지만, 미국을 위해 잘 알려지지 않은 진정한 업적은 이것이 아닙니다."

노 대통령이 의외의 말에 놀라면서,
"그게 뭐죠?" 하고 물었다.

"잘 아시겠지만, 미국은 남북전쟁 때 남쪽도 북쪽도 유럽의 무기 장사꾼들로부터 그들이 요구하는 바가지 무기 가격을 다 치르면서 무기를 구입했습니다.

링컨은 그때 방위산업이 얼마나 고부가가치산업인가를 절실히 깨달았답니다.

그래서 전쟁이 끝난 후 링컨은 대기업들을 방위산업체로

들어오도록 유도하면서, 미국 각 주에 이공계 전문 주립대학을 만들고, 기술 전문 인력을 대폭 늘려서 이 요원들을 방위산업 관련 기술개발 요원으로 활용했습니다.

그래서 미국이 국방과학기술, 국방력, 산업기술력에서 최강국이 되지 않았습니까?"

저의 장황한 설명을 차분한 인내심으로 들으시던 노태우 대통령이,

"글쎄, 지금 강대국 정치 분위기 속에서 방위산업육성이 어렵지 않겠소?"

대통령의 걱정은 저에게도 태산처럼 느껴졌다.

이에 저는 대통령을 차제에 설득시켜야겠다는 마음으로 말을 이었다.

"각하, 옳으신 판단입니다. 그런데 국가 예산 중에 가장 큰 부분은 국방예산이고, 국방예산 중에서 강군(強軍)이 될 수 있도록 뒷받침하는 것은 국방과학기술 아니겠습니까? 국방과학기술은 방위산업개발에서 싹이 트게 되는데, 방위산업개발은 산업자원부 소속이지만, 막상 관련 예산은 국방부 소속이니까, 산업자원부는 국방부 눈치를 보는 입장

입니다. 국방부 입장에서는 타 부처가 국방예산 일부를 간섭하는 것을 당연히 싫어하지요. 이 문제는 각하가 아니면 해결할 수 없습니다."

저의 설명을 진지하게 들으시던 노태우 대통령은 다소 동조를 하는 듯, 저를 물끄러미 쳐다보시면서,

"무슨 방법이 있소?" 하고 물었다.

"예, 각하. 우리가 법치국가인 만큼 이러한 예산도 법에 의해 운용될 수 있도록 하시면 되지 않겠습니까?"

"무슨 법을요?"

"항공우주산업육성법이라는 특별법을 제정해서 첨단장비나 신무기 개발을 방위산업육성과 묶어서 종합적으로 추진하는 정책이 이루어지도록 하면 될 것입니다."

대통령은 "그것 참 좋은 아이디어요." 하시면서도 나의 이러한 제안에 아직도 뭔가 걱정되시는 듯한 기색을 보였다.

"그 법을 대통령이 제안하면 국내외적으로 좀 민감해 하지 않겠소?"

이에 바로 안심시켜드렸다.

대통령 생각 요리법

"각하, 법 제정은 제게 맡기시면 됩니다. 의원입법으로 하면 문제없습니다. 다만, 한 가지만 도와주십시오."

"뭘 말이오?"

"이 법이 제정되려면 법의 주무부처가 산업자원부가 되어야 하는데, 산업자원부는 국방부의 눈치만 보고서 움직이려 하지 않습니다. 제가 산업자원부를 움직여서 이 법을 제정해가려면 국방부의 협조가 필요합니다. 그런데 국방부 입장에서는 국방예산을 국방부가 임의로 집행하지 못하고 이 법에 구속되는 것을 원치 않습니다. 그래서 국방부가 이에 응하지를 않으니 산업자원부는 여기에 한계를 느끼고 있습니다. 그래서 각하께서 이 법이 제정되도록 국방부의 협조만 받을 수 있도록 도와주시기만 하시면 각하께서는 한국의 링컨 대통령이 되시는 겁니다."

"어떻게 돕는다는 뜻인가요?"

"각하, 기회가 되신다면, 육·해·공군 참모총장과 합참의장을 초청해서 오찬을 베푸시는 기회를 마련하시고, 그 자리에 저를 불러 주셔서 이 항공우주산업법의 취지를 설명드릴 수 있도록 하는 기회만 만들어 주신다면, 제가 군 수뇌

부인 그분들이 가장 기분 좋게 받아들일 수 있도록 설득시킬 자신이 있습니다."

"그거야 어렵지 않은 일 아니오?"
하는 대통령의 답변은 어느덧 자신감이 넘쳐 보였다.

대통령은 며칠 후 3군 참모총장과 합참의장을 초청하는 오찬을 베푸는 자리에 저를 배석시켰다. 그렇게 이 법안에 대한 설명을 할 수 있는 기회가 마련되었다. 그때 저는 이런 요지로 설명했다.

"국가 산업에서 가장 부가가치가 높은 것이 두 가진데, 하나는 무기장사고, 다른 하나는 마약장사이지 않습니까? 그런데 무기는 강대국 소관이고, 마약은 마피아 소관입니다. 그래서 세계에서 가장 큰 무기장사를 하는 나라는 강대국입니다.

제가 워싱턴 D.C.의 조지타운 로스쿨에서 유학하던 시절에, 우리 한국의 무기구매사절단이 오곤 했습니다. 당시 구매 사절단은 대사관 방을 하나 빌리고 그곳에 '접근금지'라는 팻말을 붙여놓고, 아무도 출입을 못 하도록 하고, 무기

구매협상을 벌이곤 했습니다.

그런데 그분들이 며칠씩 묵고 한국으로 돌아가면 워싱턴에선 반드시 무슨 소문이 돌았습니다. 무슨 소문인지 아시겠습니까? 그건 '이번에 봉 한 마리 잡았다'하는 말입니다. 저는 그런 소문을 들으면서 '아! 이게 바로 바가지를 팍팍 씌웠다는 이야기구나!' 하고 해석했습니다.

저는 오랫동안 동아제약에서 상무로 일을 할 때, 제가 주장해서 만든 것이 '중앙연구소'였습니다. 그래서 이 연구소 덕택에 동아제약은 신약 도입 시에도 바가지를 쓰지 않고 합리적인 가격으로 신약 도입기술협약을 맺을 수가 있었습니다.

마찬가지로 방위산업육성을 위해서 항공우주산업법을 제정해서 이에 관한 연구를 해가면 결국은 우리가 국산화해야 할 부분, 또 기술 도입해야 할 부분, 그리고 부품을 사와야 할 부분, 이런 등등이 명확히 분류됩니다.

또한 이 과정에서 일방적으로 바가지 쓰는 것도 피할 수 있습니다. 오히려 이 같은 양 부처의 협력관계를 통해 기술인력을 양성하고 산업도 육성시키는 일을 우리 국방부에서 해주는 결과가 되지 않겠습니까? 얼마나 좋은 일입니까?"

총장들의 표정은 상당히 긍정적이었다. 이제 결론을 이야기해야겠다고 마음먹었다.

"결국은 알렉산더 대왕 때부터, 강군(强軍)이 강국(强國)입니다. 강군의 기본은 과학기술 아닙니까? 이 과학기술은 첨단 방위산업에서부터 시작해서 민간산업으로 가는 것이 미국의 전략입니다. 그래서 우리가 이러한 취지로 항공우주산업육성법을 제정하려 하는 것입니다."

저의 설명에 대한 전체 분위기는 무척 좋았다.

그때 노태우 대통령께서

"이 의원의 이야기가 상당히 일리가 있는 것 같으니, 모두 격려와 협조를 해주었으면 좋겠습니다."고 덧붙임으로써 이 법의 제정에 시동이 걸리게 되었다.

이후 산업자원부도 자신감을 가지고 이 법의 제정을 독촉하게 됨으로써 법 제정의 결실을 보았다.

오늘날 연일 매스컴에 방산비리사건으로 오르내리는 KAI(한국항공우주산업)는 이 법에 의해서 만들어진 조직

인데, 국방산업이라는 것이 워낙 덩치가 크고 부가가치가 높은 사업이다 보니 이런 정도의 비리는 충분히 예상할 수가 있을 것이다.

하지만 이런 사건만으로 마치 국민이 이 KAI라는 산업자체를 부정하는 듯한 여론을 만들어가는 것은 옳지 않다고 여겨진다. 이것은 국가의 경제와 안보라는 거시적 차원에서 사안을 살피면서 좀 더 예방적 차원에서 발전적으로 처리해 나가는 것이 바람직할 것이다.

사실 이 지면을 빌려서 하고 싶은 이야기가 있다.

노태우 대통령에 대해서 국민 일각에서는 '물태우 대통령'이라고 하지만, 저는 이에 동의하지 않는다. 노태우 대통령은 대단히 합리적이고 창의적이신 대통령이라 생각한다.

노태우 대통령은 인내심으로 경청하고, 합리적으로 처리하는 민주과학대통령, 특히 항공우주산업기반을 닦으신 한국의 링컨 대통령으로 기록되었으면 한다.

앞으로는
한국형 방어용 생물무기와
양자컴퓨터를 이용한
AI 해커 장비개발을

대통령 생각 요리법

과거에는 항공우주산업육성이라면 앞으로는 어떤 방위산업이 필수적인가?

미국이 바이오테러방지법을 제정한 데는 이유가 있다. 비행기에 폭탄을 싣고 미국을 공격하는 것은 이제는 불가능하다. 그런데 비행기 대신에 바람으로, 무기 대신에 병원 미생물을 실어서 보내는 공격은 막을 길이 없다. 이것이 바이오테러 방지법을 만든 진짜 이유다.

지금 북한이 핵무기 개발에 열을 올리고는 있지만, 비엔나의 국제문제 연구소 소장은 이렇게 말한다. "사실 북한이 남쪽을 치겠다고 하면, 굳이 핵을 사용할 필요가 없다. 왜냐하면 북한이 한국을 치려면, 한국의 동해 연안에 원자력 발전소가 있으니까, 북한이 보유하고 있는 잠수정을 이용하거나 아니면 잠수부가 야밤에 접근해서 원자력 발전소를 박격포로 공격해도 된다."는 것이다.

또

"북한강에 병원성 대장균을 뿌려버리면 서울 사람들이 물을 못 마실 것이다."라고 한다.

[위]바이오국방생물방어대책 세미나
[아래]일본 다까시마 박사 미생물바이오 세미나

대통령 생각 요리법

나아가

"드론에 탄저균 1kg 포자만 뿌려도 1백만 명을 죽일 수 있다."고도 한다.

과연 이에 대응하는 우리의 방어용 전략은 무엇이겠는가?

현대판 전쟁은 생물 무기 전쟁으로 간다는 것이 역사적 흐름이라 할 수 있다. 그래서 바이오에 관하여 많은 노하우를 가지고 방어용 생물무기 같은 것을 개발해야 한다.

더불어 전자컴퓨터보다 성능이 월등한 양자컴퓨터를 개발하고, 인공지능(AI)을 운용한 첨단 해커 장비를 개발해야 한다. 그러면 우리나라 유형의 방위산업도 특화를 시킬 수가 있다.

또 여러 나라를 대상으로 국방무기 장사도 할 수 있다. 하루빨리 4차 산업혁명을 이용한 한국형 지식 방위산업을 서둘러 마련해야 할 것이다.

"대통령님,
정치 갈등 에너지를 과학 창조에너지로 바꾼
대한민국의 드골 대통령이 되십시오."

"대통령님, 광주에 뿌리내리고 있는 광주민주화 사태의 한(恨)을 어떻게 푸시겠습니까?"

자문위원장의 느닷없는 질문에 김영삼 대통령은

"무슨 이야길 하는 거요?" 했다.

그때 저의 머릿속에는 대통령한테서 새로운 결단을 내리게 하려면 대통령의 머릿속에 있는 정치적인 고뇌를 건드려야겠다고 생각했다.

그리고 이것을 창조적으로 해결해가는 방안으로 유도하면 우리나라를 절대적인 과학입국으로 파이를 키우는 차원에서 광주과학기술원을 만들 수 있을 것이라는 게 그 당시 제 생각이었고 또 저의 희망사항이었다.

"드골 대통령 잘 아시잖습니까? 지금 프랑스 역사상으로 보면, 오늘의 프랑스 경제를 이룩한 장본인은 드골 대통령이라고 합니다.

나폴레옹은 프랑스의 국가적 위상을 높인 것은 사실이지

만, 프랑스에 남겨준 것은 별로 없었습니다.

　그런데 드골이 대통령이 되면서 첫째도, 둘째도 고뇌했던 문제는 거리에 넘치는 정치데모, 그리고 일주일이 멀다않고 내각이 무너지는 정치적 불안, 이것이었는데 이것을 어떻게 바로 잡는가 하는 것이 최대의 정치적 관심사였잖습니까?"

　"그야 그렇지! 그렇지만, 프랑스와 한국은 전혀 여건과 환경이 다른데, 이렇게 이야기하는 것은 얼른 납득이 안 가는군요!"

　"당연한 말씀입니다. 하지만 조금만 더 말씀을 드려도 되겠습니까?

　사실, 드골은 구속과 장애를 거부하는 이 거리의 정치 에너지를 어떻게 하면 개척과 창조의 과학 기술 에너지로 바꾸느냐 하는 게 최대의 관심사였습니다.

　이를 위해 당시 드골은 세 가지 과제를 가지고 국정 지표로 삼고 정치를 했습니다. 그게 바로 원자력, 항공우주개발, 해양개발이었습니다.

　그래서 국방부 장관이 예산을 가져오더라도 그 예산이 이

분야를 발전시키는 데 있어서 어떻게 관련이 되느냐를 따져서, 이와 연계가 되지 않으면 다시 수정해서 가져오도록 지시했습니다.

심지어 솔본느대학 총장이 학제를 개편하러 왔을 때도 마찬가지였습니다. 이 학제 개편 안이 이 세 가지를 실현시키는 데 어떤 도움이 될 것인지를 따졌습니다."

김영삼 대통령이 점차 집중하는 분위기였다. 좀 더 확신을 가지고 설명을 계속했다.

"드골 대통령의 이 옹고집은 드디어 빛을 보기 시작했습니다. 이렇게 줄기차게 국정을 운영해가니까 드디어 돈의 물줄기가 이런 방향으로 바뀌기 시작했고, 또 우수 인력의 머리가 이 방향으로 몰리기 시작했습니다.

결국 길거리 데모 에너지도 연구에너지로 바뀌면서 프랑스는 그 빈번하던 데모가 급속히 줄어들었습니다. 그러면서 세계 제일의 원자력 기술, 해양기술, 항공기술력이 성장하게 되었고, 이때 나온 것이 콩코드를 비롯하여 엑조세 미사일과 원자력 기술 개발이었습니다. 그 결과 농업, 예술의 프랑스가 독일과 맞먹는 산업기술국가로 자리 잡게 된 것이랍니다."

제 설명을 듣던 김영삼 대통령은 고개를 끄떡이며,

"나도 드골 대통령을 좋아합니다. 참으로 인류사에 남을 수 있는 훌륭하고, 존경받을 만한 인물이지요! 그런데 우리로서는 무슨 방책이 있겠소?" 하고 물어왔다.

"예, 대통령님. 우선 결론부터 말씀드리자면, 지금 드골과 같은 방식으로 광주민주화의 한(恨)의 에너지를 연구 개발의 에너지로 바꾸시기만 하시면, 한국의 드골 대통령이 되지 않겠습니까?" 했더니, 김영삼 대통령은

"그렇긴 하지만 그것을 직접 연결 짓기는 어려운 문제 아니오?" 하면서 나를 쳐다보았다.

"그렇습니다! 하지만 영남은 공업지역이고 호남은 농업지역인지라, 호남지역에 바이오 연구 교육기관으로서 광주과학기술원을 건립하여 세계적인 바이오산업 기지로 만들었으면 합니다. 젊은 엘리트들이 한(恨)의 정치에너지에 말려들지 않고 바이오 연구로 몰려들도록 유도를 하면, 드골 대통령에 못지않은 국가 지도자로서의 역할 수행이라 생각합니다!"

대통령 생각 요리법

저의 설명에 김영삼 대통령은 만족한 표정으로 고개를 끄떡이며,

"그것 참 좋은 생각이오. 그러면 내가 뭘 도와주면 되겠소?" 물어왔다.

"대통령님께서는 영남 출신 대통령이시니까, 광주에 과학기술원(KAIST)을 설립하여 바이오에 관한 세계적인 교육 연구 거점을 조성하신다면, 과학 기술도 진작시키고, 정치적인 광주 한(恨)의 뿌리를 근본적으로 정리하는 계기가 되지 않겠습니까?"

"그것 참 좋은 생각이요!"
저는 맞장구를 쳤다.
"이것을 실행만 해주신다면 호남에서까지도 한국의 영원한 드골 대통령으로 기억해주시지 않겠습니까?"

대통령도 만면에 미소를 띠면서
"그럼 자문회의에서 이 주제를 다뤄보시지요!"
드디어 대통령의 결심이 분명해졌다.

저는 김영삼 대통령께 이렇게 제의했다.

"대통령님, 이 문제를 자문회의에 그냥 올리게 되면, 서로 자문위원들 지역으로 유치하려고 할 겁니다. 저에게 특명사항으로 지시하시면, 저는 요식적으로 자문회의를 거쳐, 대통령 최종 재가를 요청하는 것으로 처리하면 모든 과정이 무난할 것 같습니다."

김영삼 대통령과 함께 광주과학기술원 기공식

대통령 생각 요리법

저의 이 말에 흔쾌히

"그렇게 하는 게 좋겠군요." 하시기에, 저는 미리 준비했던 서류를 꺼내서 그 자리에서 바로 대통령의 재가를 받았고, 곧장 실행에 옮길 수 있었다.

이 일은 대통령과의 대화 10여 분 만에 이루어진 일이다. 이후 광주과학기술원 개원식에 대통령 내외분을 모실 수 있었고, 이를 계기로 저는 광주 명예시민이 되었을 뿐 아니라, 한때는 광주에서 출마하라는 제의까지도 받았었다.

이 이야기에서는 제가 광주과학기술원을 제의했다는 것이 중요한 게 아니라 영남 대통령이 이런 호남의 역사적 발전 방향을 기꺼이 결단했다는 사실이 중요한 것이라 생각한다. 이후 제가 상도동 김영삼 대통령 자택을 방문할 때, 이 이야기를 꺼내면 김영삼 대통령은 너무도 기분 좋아했었다.

현재 광주과학기술원이 세계적으로 손색없는 바이오 교육연구기관으로서의 역할을 할 수 있는 것은 이 나라 젊은이들을 위해 참으로 다행스런 일이 아닐 수 없다.

앞으로는
홀대받고 있는 농어촌 지역에
4차 산업혁명 본거지를!
즉 **창조복지마을 운동의**
뿌리가 되도록!

정치적 갈등의 광주에 생명공학교육연구기관을 세웠던 것처럼 이제는 산업 시대의 새마을 운동은 지식사회의 창조 복지마을 운동으로 발전시켜야 한다. 산업화로 홀대받은 농촌 지역에 4차 산업혁명의 토양을 뿌려서 시들어가는 새마을운동 대신 창조복지마을 운동을 새로운 국민운동으로 강력하게 시동을 걸 때다.

이를테면, 대한민국 농어촌 전체에 광주과학기술원처럼 4차 상업혁명의 창조복지마을 센터를 건립하여, 세계일류 지식국가로 도약하자.

❹ 김대중 대통령
··········

"대통령님,
새마을 운동을 1국민 1발명의
국민발명운동으로 발전시킬 때!
대한민국의 민주발명대통령이 되시도록!"

제가 한국발명진흥회 회장을 4년째 맡고 있었던 2001년도 제30회 발명의 날 행사 때의 일이다.

안광구 특허청장의 간곡한 간청으로 한국발명진흥회 회장을 맡았을 때 발명진흥회는 그야말로 초가삼간이었다. 하지만 그 당시 우리가 앞으로 가야 할 길이 발명진흥시대로 가야 했었기에 저는 흔쾌히 찌들게 가난한 집안의 가장을 맡았다.

한국발명진흥회는 산업자원부 소속이라서 발명의 날 행사는 차관이 나오는 경우도 드물었고, 그저 특허청 중심으로 특허청 강당에서 조촐하게 치러지는 것이 관례였다.

한 번 정도는 발명의 날에 즈음하여 뭔가 획기적인 이벤트가 필요했다.

연구자와 발명자 모두에게 의미 있는 행사를 준비해야겠다고 생각하고는, 밑져야 본전이라는 생각으로 국회시절 상임위원회에서 함께 일했던 인연을 빌미로 대통령께 축사를 부탁했다.

그랬더니 뜻밖에도 청와대에서 참석하겠다는 연락이 왔다. 그것도 대통령 내외분이 모두 참석하시겠다는 것이었다.

특허청과 특허업계가 발칵 뒤집혔다.

그래서 당초 조그마한 강당에서 개최하려고 했던 행사를 COEX로 옮기는 등 난리법석을 떨게 되었다.

그날 행사에서는 제가 개회사 겸 간단한 인사를 하게 되었는데 청와대에서 저의 연설문을 보내왔다.

그런데 당시 저는 발명진흥회 회장으로서 대통령 내외분의 참석 자체를 기분 좋게 치켜세워드려야겠다고 마음을 먹고, 즉흥적인 개회 인사를 시작했다.

"오늘은 대한민국 발명의 역사를 새로 적는 날입니다. 대통령 내외분께서 우리 발명의 날에 참석하신 것은, 우리 발명 역사상 처음 있는 일입니다. 때문에 오늘은 발명의 역사를 새로 적어야 하는 것도 당연하겠지만, 대통령 내외분의 임석 자체가 가장 강력한 발명 장려 정책임을 회장으로서 거듭 강조하고자 합니다."

대통령 생각 요리법

이어서 대통령을 자극하고, 또한 칭찬하는 내용으로, 대통령의 마음을 사로잡아야겠다고 마음먹었다.

"대통령께서 왜 발명의 날에 참석하셨겠습니까? 지금까지 우리는 박정희 대통령의 근검·절약·협동이라는 새마을운동을 바탕으로 이만큼 발전해왔습니다. 그러나 이제 중국이라는 나라가 산업화로 뛰어들어 전 중국 국민이 똘똘 뭉쳐서 산업화에 매진하기 때문에 이제는 새마을 운동으로는 중국을 당할 수가 없게 되었습니다. 이제 중국이 우리의 몸이 되고 우리는 그 몸을 움직이는 머리가 되는 보완 관계로 살아가야 합니다. 그러면 이 보완적인 관계로 중국의 머리가 되려면 어떻게 해야 되겠습니까? 이제 우리는 중국의 머리가 되어야 하므로 새마을 운동을 '1국민 1발명'이라는 국민발명정신운동으로 대체해야 할 때가 되었습니다. 때문에 바로 국민발명운동의 정신 운동을 선언하시려고 오늘 이 자리에 임석하신 것입니다."

저는 청와대에서 보내준 연설문을 던져버리고 일부러 즉흥적으로 연설을 계속했다. 일반적으로 정형화된 대통령의 연설 내용보다 저의 연설이 자극적이어서 내심 대통령께 죄

송한 마음이 들었었다.

그런데 식이 끝나고 대통령 내외분이 퇴장한 후 행사마무리를 하고 있던 중인데, 청와대 경호원이 저를 황급히 찾아왔다.

"대통령님께서 기다리고 계십니다. 뵙고 싶다고요."

좋은 반응이 있겠다고 기대하며 저는 황급히 대통령이 기다리고 계신 곳으로 갔다. 김대중 대통령께서,

"이 박사, 연설이 참 좋았소. 중국의 머리가 되기 위해서 전 국민이 발명정신운동을 벌여야 한다는 것, 이거 참 중요한 이야기요! 내가 어떻게 도와주면 되겠소?" 라고 물었다.

대통령의 의외의 질문은 저를 사뭇 흥분시켰다.

'이게 무슨 날벼락 축복인가!'

청천벽력 같은 이런 하늘의 축복이 있으리라고는 미처 상상도 못했었다. 그리고 저도 모르게 불쑥 말이 튀어나왔다.

"대통령님! 역시 영민하십니다." 저의 무례한 듯한 말에

"이 박사! 무슨 그런 말을…."

이 위기의 순간에 저는 즉각
"정말 죄송합니다."라고 했다.

이어 대통령은 저의 대답을 재촉했다.
"대통령님, 새마을 운동은 아직까지도 이곳저곳에 본부가 있습니다. 그런데 '1국민 1발명 운동'은 어떠한 회관도 없습니다. 국민발명회관을 테헤란로에 근사하게 지으면, 그곳에 국민발명 태극기를 꽂으시는 게 됩니다. 이것만 하시면 대통령님의 큰 업적이 되실 겁니다." 라고 말을 보탰다.

그러자 대통령은
"얼마나 들면 되겠소?" 물어오셨다.

저는 '5천억 원이 필요하다.'고 말씀드려야겠다고 생각했다.
왜냐하면 제가 부동산에 관한 공부도 좀 해보았고, 국회 예산결산위원회에서 예산심의를 해본 경력이 있기 때문에, 예산이 어떻게 진행될 것이라는 걸 짐작할 수가 있었다. 이 경우에는 3천억 원 정도면 충분한데, 예산은 항상 깎이게 마련이니까, 5천억 원을 제시해야겠다고 마음먹었다.

"5천억 원 정도는 필요한 것 같습니다."

이 말에 대통령의 즉각적 반응은

"좀 많은 것 같은데…."하셨다.

저는 물러서지 않고 더욱 강력하게 요청하기로 마음먹고 불쑥 이렇게 제의했다.

"5천억 원이 적지 않은 돈입니다만, 이 돈은 6·25 때 전세를 확 바꾼 '인천상륙작전' 비용이라 보시면 어떻겠습니까?"

대통령의 표정은 밝아졌다. 그리고 드디어 한마디로 요약되었다.

"알았소! 어떻게 해봅시다!"

그런데 이 행사에 대해서 3대 방송이 실황 중계를 했는데, 식이 끝나고 나서의 대화 내용은 보도될 성격이 아니었기 때문에 다행이었고, 바로 개회사 했던 부분에 대해서 우리 야당 측에서 '발명의 역사를 새로 쓴다는 말이라든가, 새마을운동 대신 1국민 1발명운동을 이야기하는 것이라든

대통령 생각 요리법

지, 대통령 내외분의 참석이 가장 강력한 발명정책이라고 하는 등의 표현은 야당의원으로서 좀 지나친 표현이 아니냐?'는 한나라당 내에서의 비판이 쏟아져 나왔다.

아마 저의 DJ 정부에 대한 능동적인 표현에 한나라당 의원들이 상당히 거슬리게 들린 것 같았다.

그래서 그 다음 날 국회로 갔더니 동료의원들이 '어제 발명의 날 행사 TV를 보았는데, 야당의원으로서 그렇게 표현하는 것은 좀 지나친 표현 같다'고 하면서,

"아무래도 당신의 당성이 빵점인 것 같다."고 하기에 저는 즉각

"그래요, 저는 과학기술 애국자니까 당성은 당연히 빵점이지만, 국가성은 만점이 아닐까요?" 라고 응수했다.

이런 일이 있은 후, 대통령의 특별 주문으로 정부 예산에서 발명회관 건립비로 3천억 원이 편성이 되었었는데, 이에 대해 한나라당 측에서 이 예산은 '정치색이 있다'고 하면서 예산을 깎으려고 들었고, 이 일로 저는 당내의 야당처럼 대판 싸웠다.

결국 3천억 원 예산이 통과되자마자 발명진흥회 회장직 사표를 냈다.

인생은 항상 정점에서 36계 마음을 갖고, 실행하는 것이 모든 후유증을 예방하고 최선임을 실감했다.

러시아특허대학 총장, 러시아는 첨단특허개발! 한국은 특허상용화!
국민1인1특허상용화 아이디어를!

대통령 생각 요리법

지금 생각해보면 인생에서 가장 보람된 것은 야당 소속의 원으로서 대통령한테 3천억 원 지원을 받아 국민발명회관을 마련할 수 있었다는 것이다. 물론 이러한 결과는 전적으로 김대중 대통령의 명석하신 결단 때문이라 생각한다. 때문에 김대중 대통령이 민주 발명 대통령으로 역사에 기록되시기를 소망한다.

앞으로는
발명의 새싹인 어린이들의
발명진흥회관이 될
**사립 과학관을 농어촌 등
전국 곳곳에 건립**해야!

대통령 생각 요리법

김대중 대통령이 국민발명회관을 건립하여 1국민 1발명의 국민발명정신운동을 선창하셨다.

이제 4차 산업혁명을 완성해서 지식 선진국의 반석에 앉도록 해야 할 미래 주인공은 우리 어린이다.

우리 어린이들은 한국이 미래 세계의 머리가 되도록 해야 할 주인공이기에 무엇보다도 뛰어난 창의력을 가져야 한다.

오늘날의 학교 교육은 여전히 타율적 학습이다. 진정한 창의성 교육은 자율성을 바탕으로 인공지능(AI), 사물인터넷(IoT), 빅데이터(Big Data), 클라우드(Cloud)와 같은 학습 환경에서 이루어져야 한다.

농어촌, 도시 등을 가리지 않고, 특히 시간과 공간을 초월해서, 창의적 자율 학습이 뒷받침되어야 한다.

따라서 인공지능(AI)으로 운영되는 전문 특성 사립과학관이 전국 마을 곳곳마다 건립되어야 한다. 이를 위해 녹지에도 설립할 수 있는 법적 제도적 뒷받침이 필요하다.

마을 단위의 사립과학관이 자율적 창의 학습의 4차 산업혁명 공간이 되면, 드디어 김대중 대통령의 국민 발명회관 건립이 이제 전문화, 세분화, 다원화의 사립과학관으로 전국 방방곡곡에 건립되는 역사의 시발점이 될 것이다.

2. 한국 상품수입규제법안을 추진했던
미국의 서어몬드 상원의원,
한국 정부를 전적 외면했던
땡고집 9선 의원의
이상희식 설득 이야기

한국 측의 어느 누구와도 접촉을 거부하는
땡고집의 9선 의원!
과연 어떻게 설득할 것인가?

한국 정부와 대미 수출업체들은 초비상 상태였다.

9선 재정분과위원장 서어몬드 의원에 의해 한국 상품수입규제법안이 의원입법으로 제안되었기 때문이다.

만약 통과되어 입법이 되면 미국 전역에 한국 상품 수입이 규제된다.

주미대사, 외교부, 재미교포까지 총동원되었지만, 접촉과 설득은 전혀 불가능했다.

한국이 미국 의원 입법을 어떻게 저지할 수 있을까?

왜 이 같은 입법이 추진되었을까?

서어몬드 의원 지역구의 중소기업들이 한국 수입 상품 때문에 경영이 극도로 악화되고, 지역의 강한 민원이 지역의원을 압박했다.

서어몬드 의원은 강한 반한감정으로 입법을 추진했기 때문에 한국의 입장에서는 뾰족한 대처방안이 없었다.

국회 무역특별소위원회가 구성되었지만 위원장을 맡을 적임자가 없는 아주 난처한 분위기였다.

비록 그동안 과학기술중심 의정활동에 열중해왔지만, 이 문제는 다양한 경험과 창의적 열정으로 저 스스로 도전해야겠다고 결심했다.

대통령과 국회의장을 열심히 설득했다.
결국 이 어려운 임무를 자진해서 떠맡았다.
'어떻게 입법을 저지할 수 있을까?' 밤낮없이 고뇌하면서 지인들로부터 미국인 자문을 수집했다.

최종 결론은 서어몬드 의원의 천적을 활용하는 것이었다.
그 천적은 지역구 의원의 지역후원회 회장이었다.
먼저 후원회 회장을 조사 분석했다.
사업특성과 도움을 줄 수 있는 사업부문을 파악해서 매력적인 지원전략을 수립했다.

지원보따리를 들고 지역구를 방문했다.
직접 만나서 보따리를 풀고 엄청 흡족하게 만들었다.
'왜 자기사업에 이렇게 많은 도움을 주느냐?'고 물었다.
'후원회 회장이 사업으로 돈을 많이 모아야 의원의 후원을 많이 할 수 있지 않겠느냐?'고 대답했다.

드디어 후원회장이 스스로 저를 도와주고 싶다고 이야기 했다.

저의 대답은 간단했다.

'회기 중인 위원장을 몇 날 몇 시에 어느 장소에서 만날 수 있게 주선할 수 있느냐?'고 물었다.

후원회장은 '그 정도는 본인이 할 수 있는 가장 쉬운 일'이 라고 뽐냈다.

우리 입장에서는 그동안 서어몬드 의원을 만나고자 무척 노력했지만 백약이 무효였다. 결국 후원회장의 주선으로 그 토록 갈망했던 만남이 이루어졌다.

서어몬드 의원은 만면에 미소를 띠고 반갑게 저를 맞이했 다. 첫마디가 후원회장 반응에 감사하면서 '무슨 이유로 후 원회장을 그렇게까지 도와주느냐?'고 물어왔다.

'지역의원의 원만한 의정활동을 위해서는 지역후원회장의 원만한 뒷받침이 얼마나 절대적이고 필수적이냐!'고 강조했 더니 '100% 공감한다.'고 했다.

이런 공감 때문인지 지역의정 활동에 관하여도, 여러 의견을 편안히 나누는 사이에 서어몬드 의원과 인간적으로 친분이 두터워지게 되었다.

드디어 저는 조심스럽게 한 가지 제안을 했다.

"제가 의원님을 형님으로 모시고 싶습니다."

순간 서어몬드 의원은 환하게 웃으면서 기분 좋게 고개를 끄덕이며 손을 잡았다.

그때부터 저는 하는 말끝마다 서어몬드 의원을 'Big brother!' 라는 호칭으로 불렀다.

'큰 형님'이라는 단어 때문이었을까?

드디어 서어몬드 의원은 아우인 저를 위해서 '무언가 도와줄 것이 없느냐?'고 물었다.

드디어 찬스가 온 것이다.

그때 속으로는 법안에 관해서 이야기하고 싶은 마음이 굴뚝 같았지만, 꾹 참았다.

오히려 능청스럽게 대답했다.

"이번에는 의형제를 맺어 형님 한 분 얻은 것으로 만족합니다."고 말하면서 여유를 보였다.

그러자 서어몬드 의원은 '우리 두 사람이 엄청 바쁜 사람들이니까 다시 이렇게 만난다는 것이 어렵지 않느냐?'고 되물었다.

그러면서 '아우가 형 지역구로 찾아가서 후원회 회장을 크게 도와주었는데, 형에게 한 가지만이라도 부탁하라.'고 독촉했다.

그래서 아주 자연스럽게 이야기를 할 수 있는 분위기가 만들어졌다.

"형님! 이 이야기는 결코 부탁이 아닙니다. 아우의 입장을 단지 형님께 알려드리니 조금도 부담을 갖지 마시기를 바랍니다." 이렇게 말했더니 서어몬드 의원은 오히려 더 궁금해하며 그 입장이 무엇인지 듣고 싶다며 이야기하라고 독촉했다.

드디어 조심스럽게 한국 상품 규제법안에 관한 보따리를 풀기로 마음먹었다.

"형 아우의 관계에서 형님이 잘되면 아우를 끌어줄 수 있으니까, 모든 일은 형 위주로 처리해야 한다는 동양속담이 있습니다. 때문에 형님은 알고만 계시라는 뜻에서 말씀드리겠습니다."

이야기 전제를 다시 한 번 강조했다.

이젠 서어몬드 의원이 궁금해하며, 이야기하라고 다그쳤다.

"형님이 진행 중인 입법은 제가 형님 입장이라도 지역구를 위해서 강력히 추진할 수밖에 없습니다."라고 하면서 입법관계를 간단히 언급했다.

서어몬드 의원은
"그 입법이 아우 지역구에 어떤 영향을 줍니까?"하고 물었다.

그때서야 아우인 저의 지역구 부산이 신발생산과 신발 대미수출의 본거지라고 설명했다.

서어몬드 의원의 표정이 바로 굳어졌다.

그때서야 저의 입장을 밝혔다.

"형님 법안이 통과되면, 아우는 다음 선거에 낙선될 가능성이 크지만, 아우는 젊으니까 너무 염려마십시오."

    그렇지만 9선 의원 경력의 서어몬드 의원은 이 사항이 선거 당락의 핵폭탄급 관심사임을 누구보다도 더 잘 알고 있었다.

    오히려 서어몬드 의원은 나를 정면으로 쳐다보면서 좋은 아이디어를 달라고 요구했다.

    그때 나는 단호하지만 간결하게 답했다.

"이 아우는 낙선하더라도 다음 기회가 있으니까 먼저 형님이 잘되시는 것이 이 아우에게는 가장 중요합니다."

한동안 서어몬드 의원은 아무 말이 없었다.
진퇴양난의 고뇌하는 모습이 오히려 안타까웠다.
저를 진정으로 피를 나눈 아우처럼 생각하는 모습이 역력했다. 드디어 결심을 굳힌 듯한 표정으로 나에게 물었다.
"내가 입법을 포기하면, 아우가 명년 총선에 당선될 수 있습니까?"

그때서야 저도 아주 조심스럽게 목소리를 낮춰 조용히 답했다.
"그야 형님 덕택에 전국 최다 득표 국회의원으로 당선될 수밖에 없지 않겠습니까?"

그리고 곧이어 서어몬드 의원에게 아이디어를 제시했다.
"형님! 정 그러시다면 아우 선거 때까지 형님 법안을 연기(suspend)해주시면 어떻겠습니까?"
드디어 서어몬드 의원은 그렇게 하겠다고 약속했다.

사실 미 국회법 절차에는 '연기'는 없고 '폐기'될 뿐이다.

결국 미국 형님과 한국 아우의 극히 인간적 친분관계가 태산 같은 양국 문제를 해결하는 계기가 되었다.

나는 이 문제를 해결하자마자 바로 무역특별소위원장을 사퇴했다. 나의 본 고향! 그리고 역사창조의 길인 과학기술의 길로 귀향해서 매진했다.

국제간의 이해문제를 정치 외교적으로 원만한 해결이 가능할까? 오늘의 사드 문제도 정치 외교적 해결은 거의 불가능하다. 서어몬드 의원 이야기가 사드 문제해결에 참고가 되길 소망하면서….

3. 정치학회 회장단과의 확실히 골 때리는 이야기

📩 정치학회로부터의 소환장?

"국회의원 중 제일 별난 사람이 이상희라는데, 한국 정치 발전에 관한 **창의적인 당신의 별나고 이상한 이야기**를 좀 하시오."

"당신은 남들이 생각지도 못했을 때, **유전공학법이니, 항공우주산업법, 영재교육진흥법, 뇌연구촉진법** 등 여러 법안을 제안하면서 **많은 정치업적**을 남겼으니 남다른 이야기를 할 수 있지 않겠소?"

"**사람의 운명**은 **그 사람의 생각**에 달려있다.
대통령의 생각은 **그 나라의 운명**을 좌우한다."

정치에 입문하고 어느 해인가, 정치학회 회장단 모임에 초
대를 받고 참석한 적이 있었다.

정치학회 회장단의 모임이라면 정치라는 분야에 특별히
능숙한, 이른바 정치로 잔뼈가 굵은 사람들의 모임이었다.

그런데 정치의 초년생인 저를 불러 이야기를 듣고 싶어 한
다니 그 사실이 의아스럽기만 했다.

그 모임에서는 '전례가 없던 일'이라 했다.

정치 초년병인 제가 다른 사람과 다른 점이 있다면 젊은
시절 십수 년간 바이오업계에 몸담고 있었던 것뿐이었다.

저는 생각해보았다.

'왜 정치학회가 과학기술을 전공한 나를 초청했을까?'

당시 정치계는 새로운 정치 돌파구를 찾기 위해 고민을
거듭할 때였다. 새 정권이 막 들어서기 시작한 때이어서 사
회 전반에 걸쳐 새로운 정치적 요구가 봇물처럼 터지던 때
이기도 했다. 시대적 요구에 걸맞게 정치학회 회장들은 우

리 정치가 잘되려면 발상의 전환이 필요하다고 느꼈었던 모양이었다.

"이 의원은 그 이름처럼 항상 이상하고 희한한 쪽으로 생각을 잘하는 사람 같아요. 이상희라는 이름처럼 생각이 이상하면 좋지 않을까요? 우리가 알아보니까 이 의원 경북 청도 태생에 아주 미래지향적이고 창의적인 사람이던데, 그래서 불렀어요. 이 의원처럼 정치꾼이 아닌 신선한 인재의 이야기를 듣다 보면 이 시대에 무슨 돌파구가 생기지 않을까 해서 말이오."

사실 그렇게 엉뚱한 기대 때문에 불려갈 사람은 아니었지만 할 말은 있었다. 어디 가나 그게 정치판이건 아니건 제게는 사람들 앞에서 마음속 깊이 하고 싶은 말이 늘 준비되어 있었다. 그래서 저는 두려워하지 않고 마이크를 잡았다.

"방금 꽉 막힌 이 시대에 누군가 시원한 돌파구를 뚫어줄 사람이 필요하다고 말씀하셨지요? 저는 아직 인생을 오래 살아보지 못한 탓에 슬기로운 이야기를 할 수나 있을지 모르겠습니다만, 나라의 운명에 대해 여러 가지 생각을 해 본 적은 많았던 것 같습니다. 이 나라의 최고 지도자는 누구입니까? 대통령이지요.

결국, 대통령의 생각이 이 나라의 운명을 좌우하는 것이라고 여겨집니다. 이 나라 정치가 대통령 중심제니까, 첫째도 둘째도 대통령이 정치를 제대로 할 수 있어야 나라가 흔들리지 않는다고 생각합니다.

대통령이 정치의 잣대를 바로 세우는 것이 제일 중요하다고 느껴집니다. 조선시대에는 선비들이 공공연하게 상소라는 방법으로 최고의 권력자인 왕의 통치행위에 대해 충언 혹은 조언을 하였습니다. 절대 권력을 가진 자에게 대놓고 싫은 소리, 쓴소리도 많이 한 것입니다. 그때처럼 말을 한다면, 제가 생각하기에 훌륭한 대통령은 최소한 다음과 같은 3가지 조건을 갖추어야 한다고 생각합니다."

다소 장황하게 열띤 설명을 늘어놓으면서, 저는 평상시에 생각하고, 고뇌했던 3가지를 이야기했다.

역사적 지도자는
본인의 생명과
안전을 초월해서
오로지 **미래 창조**를 위해
한 몸 바쳐야

필 사 즉 생 필 생 즉 사
必死則生必生則死

'죽고자 하는 자 살 것이고, 살고자 하는 자 죽을 것이다.'
통영에 있는 '성웅 이순신 공원'에 새겨진 글이다.

이순신 장군은 나라의 최고 위기에서 나라를 구해낸 성웅이다. 그 비결은 목숨을 내놓고 싸웠기 때문이다.

대통령의 철학과 신념은 일반 국민의 상식을 초월해야 한다.

세계 제2차 대전을 승리로 종결시킨 미국의 프랭클린 루즈벨트 대통령과 부통령 투르만의 이야기다.

프랭클린 루즈벨트 대통령 못지않게 그 보좌진들 역시 대통령을 빛나게 만든 우수한 인재들이었다.

그러나 투르만 부통령과 그 보좌진들은 똑똑한 루즈벨트 대통령 보좌진들로부터 가슴 쓰리게 홀대를 받았다.

1945년 루즈벨트 대통령이 뇌출혈로 쓰러졌을 때, 투르만 부통령이 대통령 유고로 인하여 대통령직을 승계할 때의 일이다.

이제 투르만과 그 보좌진들은 그들을 홀대했던 루즈벨트 대통령 보좌진들에 대해 그동안 당했던 고초를 되돌려주기 위해 골탕을 먹일 수 있는 좋은 기회를 맞이하게 된 셈이다.

일례를 들어 그동안 보좌해왔던 일 중에서 어떤 부분을

끄집어내서 트집을 잡아 옥고를 치르게 할 수도 있었다. 투르만의 보좌관들은 그렇게 하기를 원했다. 그리고 자신들은 이제 빛을 볼 때가 되었다고 생각했다.

지도자인 투르만은 곰곰이 생각하면서, '대통령은 국가를 위해 최선두에서 생명을 바쳐야 할 최고 사령관'임을 상기하고 있었다. 그래서 자신의 생각을 부통령 때와는 다르게 확 바꿔나가야겠다고 결심했다.

이때 그동안 함께 고생한 보좌진에 대한 인사 처리 문제가 가장 난처했다.

비록 부통령 자신을 돌봐온 보좌진들이었으나, 보좌진들의 능력이 그렇게 탁월하다고는 볼 수 없다고 생각했다. 자신을 보좌해온 보좌진들은 결코 대통령을 보좌할 수 있는 수준은 아니라고 판단했다.

그래서 투르만은 대통령이 되면서 그동안 자신이 데리고 있던 보좌진들에게는 그 수준에 맞는 일자리를 마련해주고, 그를 홀대했던 루즈벨트 대통령의 보좌진을 기용했다.

루즈벨트 대통령 보좌진들의 능력이 국가 최고 원수의 보좌능력을 갖추었다고 판단했기 때문이다.

이로 인하여 투르만 대통령은 대통령으로서 보좌관들과 훌륭한 팀워크를 이루게 되었고, 한국의 6·25전쟁에 신속한 미군파견을 결정하여 맥아더 장군에 의한 인천상륙작전을 성공시키는 것과 같은 훌륭한 많은 업적을 남기면서 역사적으로 존경받는 대통령으로 평가받을 수 있었던 것이다.

이런 사실 하나만을 보더라도 어떤 일을 도모할 때, 더욱이 국사(國事)에 있어서는 팀워크가 얼마나 중요한가를 알 수 있다.

'팀워크'에 대해서는 심리학자들은 이렇게 정의하고 있다.

"인간은 본질적으로 사회적 동물이다. 여기에는 두 부류가 있는데, 그것은 팀워크와 패거리다. 능력을 중심으로 뭉치면 팀워크, 욕심을 중심으로 모이면 패거리다."

팀워크로 일하다 죽게 되면, 순교자, 순직자, 희생자가 되지만, 패거리로 있다가 죽게 되면 사망자, 실종자, 횡사자가 된다.

인사(人事)가 욕심과 인연으로 맺어진 패거리 인사로 채워지기보다는 능력과 신념을 갖춘 팀워크 인사로 채워져야 할 것이다.

다음에 소개하는 글은 본인이 과학기술처 장관 때 처신하기 어려운 상황에서 고뇌와 시련을 겪었던 실화이다.

첫째는 영광 원자력발전소와 관련된 사건이다.

당시는 노태우 대통령의 출범 초기였기 때문에 전두환 대통령 시대 때 억눌렸던 일부 감정들이 집단행동 형식으로 봇물처럼 분출하고 있었다.

영광 원자력발전소 지역 주민들이 원자력발전소 철거를 외치는 주민 데모가 격렬했다.

모 부처 차관이 수습차 현지에 갔다가 돌팔매질을 당하여 황급히 철수했다. 현지분위기는 상당히 험악했다.

과학기술처가 안전 담당이고, 주민 데모도 원자력발전소의 안전을 문제 삼고 있었다.

과학기술처 장관이 수습을 위해 나서지 않으면 안 될 처지였다.

둘째는 과학기술처 산하 KIST 노조가 감당하기 어려운 요구를 내걸고 격렬히 데모를 벌였다.

만약 정부가 응하지 않으면 노조들은 전국 수능 입시를

총괄하는 슈퍼컴퓨터를 중지시키겠다고 했다.

기관장이 해결할 수 없기 때문에 과학기술계 소대통령 급인 장관이 전면에 나서서 해결할 수밖에 없는 상황이었다.

영광발전소의 경우는 중앙 및 현지 공무원들과 원로 주민 대표들이, 장관이 현지에서 전 주민을 상대하여 직접 토론을 벌이겠다는 것에 극력 반대했다.

KIST의 경우는 노조들이 집결한 존슨강당에 장관 혼자만 들어가겠다는 장관 결심에 대해 본부와 KIST 간부들이 극력 반대했다.

그때, 제가 결연히 내뿜은 말이 있다.

"여러분들 주장은 이해하고 감사합니다. 그러나 때를 놓치면, 문제는 수습 불가능할 수준으로 확대될 것이 너무 자명한 일입니다. 그렇기 때문에 이때 장관이 직접 수습하다가 맞아 죽게 되면, 이 문제는 국가 차원에서 가장 경제적, 효율적으로 해결될 것입니다."

장관이 죽기로 결심하고 나섰기 때문에, 두 문제가 파국을 피하면서 해결되었다.

이 실화는 본인의 무용담을 자랑삼아 이야기하려는 것이 결코 아니다. 대통령을 위시한 모든 지도자들이 가져야 할 마음의 자세라 생각되기 때문에 기록하는 것이다.

한 번 죽을 인생 나라를 위해 죽는다면, 그것도 최고의 정상의 자리에서 나라를 위하다가 죽는다면 적어도 공적 장례는 치러지지 않겠는가?

오늘의 국가 위기도 지도자가 죽음을 각오하고 국사에 임한다면, 위험한 기회의 위기가 오히려 위대한 기회로 다가오리라 확신한다.

대통령으로 당선되면,
인기 최고의 대통령보다는
인기 바닥의 대통령을
목표로 국정을 운영해야

　대통령이 되는 것을 운칠기삼(運七氣三)의 논리로 해석한다면, 70%는 본인의 운세이고, 30%는 대통령 선거운동의 현실적 노력이라 할 수 있을 것이다.

　현실적으로 30% 대국민선거운동은 국민 눈높이에 맞추어야 한다. 노년·장년·청년 각계와 빈부계층의 입맛에 맞게 공약을 해야 한다. 이 같은 공약은 대부분이 과거·현실 지향적 경향이 대부분이다.

　그러나 선거는 현실 행위이며, 국내에 국한되는 행위인 셈이다.

결코 미래지향적 행위도 아니며, 국제 문제와 관련되는 행위도 아니다.

그래서 대통령 당선을 위해서는 국민 눈높이, 국민 입맛에 맞는 공약으로 선거를 치를 수밖에 없다.

일단 대통령에 당선되면, 그때부터 당선인 대통령은 당연히 안방 최고 대감이 되지만, 나라 밖으로는 국가대표 올림픽 선수가 된다.

안방기준, 즉 공약에 철저하면, 안방 인기는 최고가 되겠지만, 과연 최고 인기가 오래 지속될 수 있을까?

국민은 국가대표 선수가 국제경쟁에서 금메달을 따고, 안방으로 영광의 열매를 가져오기를 바란다.

그렇기 때문에 가능하면 대통령 선거용 공약은 상당 부분 포기해야 하고, 또한 소아적 배신조차도 해야 한다.

오로지 선진강대국 금메달을 따기 위해 대외국가경쟁력 향상을 위한 올림픽 대표 선수의 피땀 어린 노력을 기울여야 한다.

"고지가 바로 저긴데, 한 조각 심장만 남겨들랑 기어서 가야 하는 겨레가 있다!"

이 같은 겨레의 대표 선수가 바로 대통령이다.

이런 자세가 되어야 대통령 본인이 가지고 있는 70%의 대운을 살려서, 국가와 국민에 돌려줄 수 있다.

그렇기 때문에 현실적으로는 괴롭더라도 안방의 인기가 아예 바닥이 되어야겠다고 결심해야 한다.

진정 나라를 위하는 대통령이라면, 눈앞의 인기에 연연해 있는 것보다는, 인기가 바닥이 되는 한이 있어도 나라 장래를 생각하면서 국가와 국민을 보살피고 이끌어가는 대통령이 되어야 진정한 지도자로 역사가 기록할 것이다.

대통령은
**안방과 현실 살림의
사모님**이 아니라,
**바깥과 미래 살림의
집안 가장**이시다

국가는 큰 가정, 가정은 작은 국가인 셈이다.

집안에서도 남편은 작은 대통령이며 가장이다.

집안의 가장이 너무 세부적인 일에 감독하면, 오히려 집안에 자율성과 창의성이 떨어지게 된다.

가계부 정리, 자녀교육, 집안정리, 식구들의 영양관리와 건강관리 등은 사모님의 몫이다.

사모님의 경제적 뒷받침, 사회적 분쟁과 갈등, 자식들의 미래와 집안의 사회적 위상 등은 남편인 가장의 몫이다.

만약 나라의 큰 어른이며 대인이신 대통령이 국내의 잡다한 일에 깊이 관여하면, 소시민들의 질서가 흔들리고, 오히려 화목한 분위기가 긴장될 수 있다.

집안일에 해당하는 국내행정과 작은 정치 문제는 총리를 위시한 각 부 장관에게 일임한다.

총리에게는 큰 힘을, 장관에게는 해당하는 힘을, 대통령이 뒤에서 실어주면서, 부인을 기분 좋게 격려하는 것처럼, 내각을 섬세하게 격려한다.

그러면, 대통령은 오케스트라의 명지휘자 카라얀이 될 것이고, 총리 이하 각 부 장관들은 오케스트라의 명연주자가 될 것이다.

대통령 생각 요리법

특히 선진지식사회에서는 자율과 창의성을 바탕으로 대통령이 최고 경영자가 되는 셈이다.

지휘자는 전문 악기를 직접 연주하지 않지만, 전체적으로 화음을 도출하는 것이 주 역할이다.

대통령은 각 부처의 주요 정책에 관해서는 주무 장관이 발표하게 하고, 대통령은 단지 발표한 장관을 기분 좋게 '너무 잘하셨다.'고 칭찬하고 격려하기만 해도 내각 행정은 국민 사기를 진작시키는 따뜻한 화음으로 메아리칠 것이다.

일반적으로 지휘자는 연주곡목에 대한 연구를 미리 하고, 무언의 지휘를 하면, 오케스트라 단원들은 각자 특성음을 연주하여 아름다운 음을 울리게 한다.

대통령은 무언의 명지휘자! 주 연주자인 총리와 각 부 장관들이 전문 악기에 해당하는 각 행정의 명연주자가 되면 우리 행정부는 국민을 감동시킬 것이다.

4. "국회의 전통과 권위를 깨려면, 상임위원장을 즉각 사퇴하시오!"

 "창의성도 좋지만, **상임위원장**이 너무 튀는 게 아니오?"

"위원장은 지금 **국회의 권위와 전통**을 다 깨고 있소! 당신은 왜 국회가 지금까지 해왔던 룰을 다 깨려고 합니까? 이런 식으로 위원회를 운영하려면 상임위원장을 당장 그만두시오!"

제가 16대 국회에서 과학기술정보통신위원회 상임위원장으로 활동하고 있을 때, 몇몇 고참 의원들이 저에게 보낸 비난의 목소리다.

당시 행정부는 국회 국정감사 때문에 2~3개월 정도 행정부 고유 업무를 수행할 수가 없다고 하였고, 또 참고인으로 국정감사에 나와야 하는 기업의 CEO들은 국정감사 때문에 중요한 해외출장도 못 가게 되어 국회의 국정감사가 회사 운영에 많은 지장을 가져온다는 애로사항을 호소해 왔다.

그때 저는

"제주도 기상대를 대상으로 시범적 화상 국정감사를 실시하고 이를 좀 더 확대시키면 어떻겠습니까?"라고 제의했더니, 일부 소속 고참 의원들이 저에게 이렇게 항의해왔던 것이다.

"창의성도 좋지만, 상임위원장이 너무 튀는 게 아니오? 국회의 전통과 권위를 깨려면, 상임위원장을 즉각 사퇴하시오!"

이러한 비난에 저는 이렇게 대답했다.

"시대가 급속히 바뀌고 있습니다. 국회가 시대 변화를 외

면해야 되겠습니까, 아니면 시대변화를 선도해야 되겠습니까?

시장경제 입장에서 보면, 정부 등 공공기관은 국민안전을 빌미로 브레이크 역할을 하고, 기업 등 사적기관들은 치열한 국제경쟁에 낙오되지 않기 위해 엑셀레이터 역할을 하고 있답니다. 국민이 선출하신 우리는 어떻게 해야 할까요?”

 “제발 바쁜 우리 **벤처기업 목덜미** 잡지 마시고, **해외마케팅**이나 좀 도와주십시오.”

국회에서 벤처기업을 위해 상임위원회를 개회한 적이 있다.

당시 우리 상임위원회가 벤처기업을 운영하던 젊은이들한테 그들의 의견을 듣기로 되어 있었는데, 그때

“젊은 사람들이 바쁘니까, 우리가 그 사람들이 많이 모여 있는 테헤란로로 찾아가서 상임위원회를 열자.”

라고 제안했더니 이 제안에도 반대하는 의원들이 나왔다.

대통령 생각 요리법

그래도 결국에는 현장 방문으로 회의가 이루어졌는데, 젊은 벤처기업 사장들은 우리의 현장 방문을 무척 반가워했다.

그때 젊은 벤처기업사장들은 이구동성으로

"정부는 우리를 돈으로 도와주려고 하지 마십시오. 지원을 받으면 각종 제재와 잔소리로 방해만 합니다. 제발 바쁜 우리 벤처기업 목덜미나 잡지 마시고, 마케팅이 어려우니 국회가 해외 마케팅 하는 것만 좀 도와주십시오."하고 호소해 왔다.

그래서 우리 상임위원들은 그들의 진정한 고초가 무엇인지 파악하고, 벤처 기업 사장들과 함께 해외 유명 기업 방문단을 구성했다.

그 후 상임위원장이 주선하여 젊은 벤처기업사장들이 퀄컴과 에릭슨 같은 해외 유명한 회사들 CEO 앞에서, 직접 프레젠테이션(PT)을 하도록 함으로써, 벤처기업 CEO들은 대단히 만족하면서 국회에 감사했다.

"우리가 선거할 때는 집집마다 찾아다니면서 표를 찍어달라고 애걸했는데, 국회로 들어온 뒤에는 우릴 찍어준 국민은 국회 뒷문으로 들어오고, 우리는 주인처럼 들어오는 게

뭔가 잘못된 게 아닙니까? 선거할 때의 초심으로 돌아가야
합니다."

　상임위원장으로서 위원들에게 간청했던 목소리다.

　국회의원 4선을 지내는 동안, 기억에 남는 것은 새로운 변
화를 위하여 투쟁하고 싸우던 기억밖에 없으니 영광은커녕
오히려 쓰라린 체험뿐이었다.

대통령 생각 요리법

모름지기 4차 산업혁명의 시대로 접어든 오늘날 국회는 시대를 이끌어가고 국민을 위해 좀 더 열린 마음으로 국정을 돌봐야 할 것이다.

5. 힘빠진 대학연구에 기초과학의
비아그라를 복용하도록

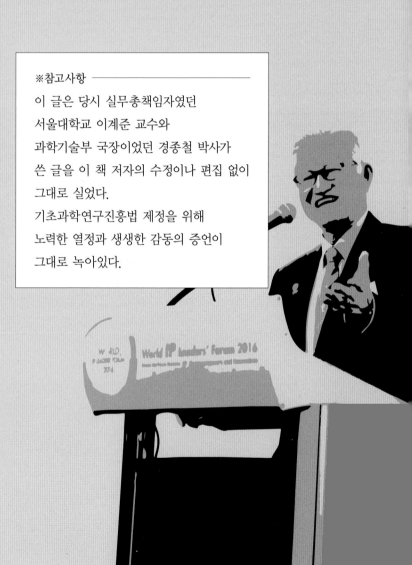

※참고사항 ─────────────

이 글은 당시 실무총책임자였던
서울대학교 이계준 교수와
과학기술부 국장이었던 경종철 박사가
쓴 글을 이 책 저자의 수정이나 편집 없이
그대로 실었다.
기초과학연구진흥법 제정을 위해
노력한 열정과 생생한 감동의 증언이
그대로 녹아있다.

준비된 장관

1988년 12월 초 과학기술처 장관으로 임명된 이상희는 취임 일성으로 1989년을 '기초과학연구진흥의 원년'으로 선포하였다.

1980년대 초반부터 이상희는 현재까지 한국경제를 뒷받침해온 경쟁기술이 주로 경험적이고 반복적 작업에 의해 얻어지는 개별적 성격의 생산기술이었다면 앞으로 우리에게 필요한 기술은 이러한 생산기술에 과학적 지식으로서의 노-와이(Know-why)가 결합한 과학을 기반으로 한 첨단기술이 될 것이라고 예상하였다.

과학기반 기술은 바로 사람의 두뇌로부터 창출될 수밖에 없으므로 그 개발 주체인 과학 연구 인력의 양성 확보 및 활용은 향후 국가정책에서 최우선되어야 할 것으로 판단하였다.

당시 이상희는 다음과 같은 두 가지 '예시'를 들어서 본인의 철학을 쉽게 주위 사람들에게 설명하였다.

첫째, 이조 500년 역사에서 탁월한 학자인 이율곡 선생은 임진왜란 이전에 '십만정예양병설'을 주장하였으나 당시

조정에서는 이를 무시하였다.

당시에 율곡 선생의 진언이 채택, 실현되었더라면 임진왜란에서 겪은 우리 조상들의 불행은 예방할 수 있었을 것이다.

이러한 율곡 선생의 교훈을 거울삼아 21세기 세계시장에서의 첨단기술과 고급제품 위주의 시장 전쟁에 대비하여 지금 우리는 십만 정예 우수 과학 인재를 양성해야 한다.

둘째, 알루미늄을 창틀로 만들어 팔면 1톤당 3천 달러를 받지만, 비행기 부품으로 만들어 팔면 1톤당 1백만 달러를 받는다.

이제 우리는 첨단기술과 고도의 지식이 가장 중요한 경제와 무역의 밑천이 되는 그런 사회로 진입하고 있다.

이상희는 장관으로 취임하기 전 1988년 6월에 서울대학교 자연대 교수인 장세희(화학), 최병두(물리), 김종식(수학), 이계준(생물) 교수를 중심으로 '기초과학정책연구회(가칭)'를 구성하고 기초과학 진흥을 위한 새로운 법과 제도의 수립에 관한 토론과 연구를 계속해나가기로 했다.

장관으로 임명을 받고서는 국무위원으로서의 사명감을 갖고 한국과학정책의 새로운 패러다임의 하나로서 '창조적 기초연구진흥'을 선포한 것이다.

기초과학연구진흥법의 제정

앞에서 언급한 '기초과학정책연구회'를 중심으로 우선 기초과학진흥을 뒷받침할 수 있는 입법 작업에 착수하였다.

작업 과정에서 교육부는 기초과학연구진흥을 위한 법 제정은 교육부가 주관해야 한다고 하면서 협조에 소극적이었다.

그리고 자연대와 공대는 각자 분야의 연구진흥을 위한 별도의 법을 제정하는 것을 선호하면서 협조가 잘되지 않았다.

또한, 지방대학을 비롯한 많은 대학들이 대학시설이 빈약하므로 연구보다 시설 지원을 요구하였고 대학지원이 몇몇 국립대학에 편중된 것부터 개선해야 한다고 주장하면서 법 제정에 관심이 없다고 냉정한 입장이었다.

사실 그동안 기초과학지원 육성을 위한 법 제정의 필요성이 정부와 학계에서 계속 제기되었으나 성공하지 못했다.

그래서 그간의 시행착오를 분석하고 입법을 위한 전략을 마련하였다.

첫째, 법 명칭을 '기초과학육성법'에서 '기초과학·연구진흥법'으로 바꾸어 지원 대상을 대학의 모든 학과의 기초연구분야로 확대했다.

자연대 교수는 물론 공대, 농대, 의대 및 경상대 등 모든 대학 교수들의 기초연구를 지원하겠다는 원칙을 설명하고 결국에는 그들의 지지를 받을 수 있었다.

둘째, 대학의 기초연구 지원을 보편성과 평등성 원칙을 존중하면서 우선 수월성을 중심으로 연구 예산의 효율적 운용이 가능토록 기본 틀을 마련했다.

이상희 장관은 전국 주요 대학을 방문하여 선진국의 기술보호주의, 특히 1988년 4월에 미국 의회를 통과한 종합무역법은 지적소유권(지식재산권) 보호를 강화하여 한국은 지금까지와 같은 값싼 기술도입 방식으로는 하이테크 산업을 일으킬 수 없는 상황을 설명하고 미래의 국가 저력은 결국 '대학의 수월성이 입증된 기초과학·연구의 성과'임을 강조했다.

그리고 미국(하버드, MIT), 영국(옥스퍼드, 케임브리지), 일본(동경대)의 수월성 위주의 대학연구 동향도 예를 제시하면서 아울러 설명했다.

기초과학연구진흥법(안)의 국회심의 의결 과정

앞에서 언급한 '기초과학정책연구회'와 과학기술처는 교육부, 대학 및 대학교수들과 수차에 걸친 토의와 협의를 거쳐 기초과학연구진흥법(안)을 마련하여 교육부와 과학기술처 공동발의로 국무회의 심의를 거쳐 국회로 송부하였다.

국회에서도 경제, 과학 위원회에서는 별문제 없이 통과되어 법사위에 넘겼으나 법사위에서는 첫째, 기초과학연구라는 용어의 적정성과 둘째, 교육부 장·차관의 명확한 동의 의사를 법사위에 와서 밝힐 것을 요청하였다.

법사위의 심의 과정에서도, 서울대 교수들(장세희 교수, 최병두 교수, 이계준 교수, 김종식 교수)의 적극적인 지지 의사와 교육부 장·차관을 비롯한 간부들의 협조로 간신히 위기를 넘기고 법사위와 국회 본회의에서 여야 합의로 1989년 12월 30일에 만장일치로 통과되었다.

기초과학연구 진흥법의 성공적 집행

가. 우수 연구 집단(SRC, ERC)의 형성. 육성

동법 제9조(기초과학연구 진흥시책의 강구)에는 대학의 우수연구 집단의 형성을 규정하고 있고 동법시행령 제5조(기초과학연구사업의 추진)에는 과학기술처가 대학의 우수연구 집단의 육성지원을 담당하도록 규정하고 있다.

과학기술처는 과학재단과 공동으로 전국대학을 대상으로 우수연구센터(SRC, ERC)의 신청을 받았는데 1990년도에는 13개 그리고 1991년도에는 17개를 선정하고 10년 동안 각 센터 당 평균 10억 원의 연구비를 지원하게 되었다. 우수연구센터의 선정 경쟁 비율은 매년 약 10:1의 경쟁을 보였다.

SRC. ERC 사업에 대한 대학교수들의 평가는 첫째, 10년 동안 안정적으로 연구비를 지원받았기 때문에 국내는 물론 해외의 과학자와 교수들에게 협력연구를 요청하면 SRC, ERC 담당 대학을 믿고 공동연구, 해외연구 분소설치, 정기적인 국제세미나 개최에 적극적으로 참여하여 국제적인 연구 성과는 물론 학생들의 해외 연수기회도 대폭 확대할 수 있었다고 하였다.

둘째, 선정과정이 객관적이고 투명하여 대학에 건전한 연구 경쟁 분위기가 조성되었다는 것은 대학교수들의 연구 의욕을 고취시키는 것에 크게 기여하였다.

셋째, 우수연구센터(SRC, ERC) 선정에 있어서 연구교수 20명이 참여하는 센터에 우선권을 주었기 때문에 우리나라에서 처음으로 대학의 공동연구(협동연구)가 시작되었고, 참여하는 대학(원)생들은 이론 강의 수업 위주에서 연구사업에 직접 참여하는 기회를 가져 해외 유학이나 국내 기업의 연구소 연구원으로 취업하는 데 많은 도움이 되었다고 하였다.

나. 범부처적인 기초과학연구지원 분위기 조성

기초과학연구 진흥법 시행령 제5조(기초과학연구사업의 추진)에는 교육부, 과학기술처는 물론 국방부 등 10개의 중앙 행정기관이 별도의 기초과학 연구지원 사업을 추진키로 하였다.

대표적인 예로는 국방부는 우수연구 집단에 참여하는 대학원 학생들에게 관계 법령이 정하는 범위 내에서 병역특례를 인정해 주기로 하였다.

교육부는 대학부설 연구소의 지원 등 대학의 연구 환경 개선에 적극 노력하기로 하였다. 그리고 각 부처는 농업, 의학, 환경 등 관련 분야의 기초과학 연구사업을 적극 추진키로 하였다.

'기초과학 연구진흥법' 제정 이후 약 27년 동안 우수연구센터(SRC, ERC)는 계속 운영되고 있다.

2017년 현재 50개(SRC 26개, ERC 24개) 센터가 전국 대학에서 운영되고 있고 연구예산은 617억 원이다.

지난 27년 동안 대학의 연구시설은 상당한 수준으로 보완되었다. 성과에 보람을 느낀다.

정부출연연구소와 인접한 대학과의 협동연구의 장이 탄탄하게 마련되었고, 기초과학연구진흥을 통하여 기초연구와 그 결과를 활용하는 원천 기술이 창출되는 결과를 낳았다.

우수연구센터에 참여했던 학생들은 국내외 대학에서 석·박사를 마친 후 세계적 석학으로 평가받기 시작하였고 앞으로 대학과 생산현장에서 창의적 벤처기업과 4차 산업의 육성에서 주도적 역할이 기대된다.

이상희의
국민 경제를 위한 안타까운 아우성

"자원에너지시장이 기술에너지시장으로 바뀌면서
최대 에너지 시장이 우리에게 미소 짓고 있다.
운칠기삼(運七氣三)의 역사적 국운을
외면하지 말아야…"

우리는 기름 한 방울 나오지 않기에, 자원에너지 경제가 불가능했다. 국토가 좁기 때문에 식량 경제도 불가능했다.

그러나 우수한 머리와 근면성 덕택에 산업기술경제개발에 몰두하면서, 세계경제 10위권 안팎으로 진입이 가능했다.

이제 역사적 국운이 우리에게 오고 있다.

거대 에너지 경제의 주축인 자원에너지가 지구온난화 문제로 억제될 수밖에 없다. 반면에 자원에너지를 대체하는 기술에너지 시장은 급격히 부상하게 된다. 기술에너지 시장은 우리가 산업경제개발을 위해 그동안 닦았던 두뇌기술로, 도전과 창조가 가능한 분야이다.

기술에너지 중에서 시장 규모가 제일 큰 것이 원자력이

대통령 생각 요리법

고, 풍력, 파력, 조력, 태양열 등 기술에너지는 원자력에너지와 비교하면, 경제성과 산업성에서 비교할 수 없을 정도로 취약하다.

때문에 후쿠시마 원전 사고 이후에도 원자력을 억제하겠다고 공언했던 국가들, 특히 사고 당사국인 일본조차도 슬그머니 원상복귀하고 있다.

다행히 우리나라도 원자력 에너지 덕택에 산업화를 진행할 수 있었고, 또한 원자력 기술도 최상위 그룹에 속해 있다.

굳이 국운을 들먹이는 이유는, 후쿠시마 원전사고 이후, 첫째, 세계원자력기구(IAEA)가 대형에서 중소형 원자력발전소로 축소를 권장했고, 둘째, 안전중심의 신형기술을 적극 개발 활용하는 방향을 적극 제안했다.

이 두 가지 미래 원자력 개발방향이 바로 우리 특성의 경쟁력에 단연 유리하기 때문이다.

현재 우리의 원전 기술은, 기존 대형 원전보다 1,000배가 안전한 SMR(소형모듈형원전) 경우에는, 삼성 스마트폰처럼 우리의 경쟁력이 최상급 수준에 와 있다.

 이제 드디어 인류 경제에서 가장 큰 분야인 에너지 경제가 역사적 국운 덕택에 우리에게 다가오고 있다. 이를 적극 활용하면, 우리는 빠른 속도로 최선진 경제 강국이 될 것이다.

 이런 역사적 순간에 탈핵정책을 주장한다는 것은, 조선조 말 산업혁명을 외면한 것보다 더욱 큰 역사적 불행이 될 것이다.

대통령 생각 요리법

1

현 기술보다도 1,000배 이상 안전한 소형 원전기술로 거대 에너지경제에 도전하자!

1960년 전후 미·소가 군비 경쟁을 벌일 때다. 러시아가 스푸트니크 발사를 성공시키자 미국은 하늘의 국가 방위선이 뚫렸다고 기절초풍하며 아폴로와 항공우주국(NASA)으로 초강경 대응했다.

바다의 국방경쟁은 핵잠수함 개발이었다. 물 대신 금속냉매 개발이 핵심이었다. 미국은 소듐, 러시아는 납비스무스를 금속냉매로 채택했다.

미국은 소듐의 불안정성 때문에 경수로 대체했다. 러시아는 납비스무스 냉매를 반세기 동안 안정적으로 사용해 왔다.

바로 이 점이 비책의 핵심이다. 러시아 핵잠수함의 반세기 원자력 운용이 우리가 주장하는 10MW(메가와트) 소형원자력발전의 근거가 된다. 잠수함 내의 원전 냉매 기술이 육상에서 활용되는 역사적 대전환점이 후쿠시마 원전사고다.

지구의 이상 기후로 바닷가의 대형 원자력발전시대는 막을 내렸다. 국제원자력기구(IAEA)도, 미국도 소형 원자력발전 시대를 선언한 셈이다. 특히 오바마 美 전 대통령 때 소형 모듈형 개발에 1,500억 원을 지원한 것을 비롯해서, 이에 관해서는 총 5,000억 원을 풀릴 예정이다.

최근 프랑스에서도 러시아 핵잠수함의 소형방식이 가장 안전하다고 선언했다. 핵폐기물은 100분의 1로 줄고, 핵연료 교환 주기는 10배, 안정성은 1,000배로 개선되기 때문이다.

모듈형, 자연 순환 방식, 금속냉매가 핵심이다. 러시아는 원전 사고를 피할 수 있는 가장 안전한 방식이라고 주장한다. 미국도 이에 대한 반론을 하지 않는다.

우리 원자력 사업의 현실을 보자. 1,000MW급이 장남이고 100MW 스마트형이 차남이다. 둘 다 100만 개 부품을 품은 거인인 데다 운영 주체도 한국 수력 원자력 등 공룡

규모다. 물론 식히는 원전은 후쿠시마 사고 이후 반핵 세력의 공격 목표가 되었다. 이제는 안전제일의 납비스무스 냉매 방식에 작고 간단한 모듈형이 급부상하고 있다.

우리도 원전 다원화 시대를 선언할 때다.

기술·규모·공급체제의 다원화는 우리가 발전시키고 실천해야 할 과제다. 소형 원전 운영은 지식사회에 걸맞아야 한다. 대규모 기업에서 중소 전문 기업으로 사업 영역을 확대해야 한다.

오늘의 경제 위기는 산업 경제의 산물이다. 이제 안전 중심의 소형원전으로 지식경제의 틀을 짜야 한다. 그 자체가 바로 에너지 대박이며, 서민 경제의 활력이 될 것이다.

2

원자력 추진
조선(造船)산업으로
해양경제 일으켜야

　전 세계 신규 조선 발주량이 전년 대비 72% 감소하면서, 세계 조선 산업이 최악의 불황을 맞고 있다. 그 여파로 우리 조선 업계도 전년 대비 84% 감소했고, 설상가상으로 한진해운이 퇴출당했다. 산업도시 울산, 거제, 군산 등의 지역경제도 참담한 처지에 빠져있다.

이상희(가운데)가 러시아 아다모프(Adamov) 전 장관(왼쪽)과 황일순 교수(오른쪽)가 참여한 가운데 원자력 제휴 협정 체결(2017년 9월)

　그동안 조선은 돛단배, 증기선, 디젤선으로 발전해왔으며 이 과정에는 혁신적인 새로운 추진 기술이 채택되었다.

　선진국에서는 이미 물밑에서, 디젤엔진을 원자력엔진으로 대체하는 문제가 국가 차원에서 검토되고 있다. 왜 하필이면 거부감이 많은 원자력일까? 기존 원전보다 1,000배 이상 안전성이 높고, 물 대신 금속 냉매의 자연냉각 방식인 밀봉형의 소형 모듈형 원전(SMR)이 출현했기 때문이다.

　SMR은 혁신적인 선박 추진체로, 러시아가 50년 이상 핵잠수함에 사용해왔다. 그동안 선박 엔진으로서 기술성, 안전성이 입증됐다.

이미 SMR이 장착된 핵잠수함이 450척 이상이고, 그 외 쇄빙선, 군용 선박 등에 SMR 1,000기 이상이 장착되어 실용화됐다.

저자가 30년 전 국회에서 해양개발기본법을 제정 입법했던 것도 해양 강국의 꿈을 펼치기 위함이었다. 이제 세계의 조선·해양산업은 새로운 조선(造船)을 출산하기 위한 진통을 겪고 있는 셈이다.

일반적으로 원자력 추진 선박은 디젤엔진 선박과 비교하면 월등한 장점을 가지고 있다. 무엇보다 선적량, 운송 속도, 운송비 등에서 최소 2배 이상 유리하기 때문이다. 이제 우리 조선(造船)산업이 원자력 추진 기술을 신속히 도입하여 혁명적 변화를 보여줄 때다.

3

육상원전보다
해상원전선박을 건조하여
원전 수출 대국이 되자!

　1960년대 파나마운하 독(dock)의 효율적 운영을 위한 에너지 공급에 미국은 10MW급 소형 원자력 발전 선박(船舶)을 건조해서 활용했다. 그때의 원자력 발전 기술은 오늘의 대형원전과 비슷해서 안전성의 문제 때문에 상용화되지 못했다.

　후쿠시마 원전사고 이후 세계원자력기구(IAEA)가 원자력 중소형화와 최고 안전성을 원자력 핵심정책으로 공식 선언했다. 여기에 부응하는 원전기술로 등장한 것이 소형모듈형 원전, 즉 SMR이다.

　사실 이 SMR은 러시아가 지난 50년 이상 핵잠수함에 사용하면서 기술성, 안전성이 입증된 것으로, SMR이 장착된 핵잠수함은 450척 이상, 그 외 쇄빙선, 군용선박 등이 1,000기 이상 실용화되었다.

　이제 디젤엔진 선박으로부터 원자력추진 선박으로 발전하고, 이 선박이 원자력 발전 선박으로 발전한다면, 해상의

　　　　　　　　　　　　　　대통령 생각 요리법

조선·해운 산업혁명이 일어날 수밖에 없다.

망망한 남중국해 일대의 유전·가스 등 해양자원 개발을 위한 에너지 공급을 위해, 중국이 SMR원자력발전 선박 20척 정도를 건조하는 계획을 추진 중이다.

앞으로 원자력 발전 선박이 상용화되면, 영화 〈판도라〉 같은 지진 참사도 막을 수 있고, 또한 낮에는 산업단지에, 밤에는 관광유흥지역에 이동하면서 에너지 공급이 가능하다. 바다의 수많은 섬이 개발할 수 있게 될 것이다. 심해저의 엄청난 광물·생물자원이 개발되면, 인류 경제에 지각변동이 일어날 것이다.

현재 일고 있는 원전문제를 해상의 원자력발전 선박으로 귀결시켜 혁명적으로 풀어나간다면, 우리의 조선·해운 산업은 활력이 넘치게 될 것이다.

새롭게 시작하는 이 정부가 혁신적·과학적·창조적 사고로 원자력발전 조선 산업에 신기술의 활력을 불어넣었으면 한다.

글을 마치며

조국강산

조국이여! 이 땅에 역사가 있다.

겨레여! 우리에게 영광이 있다.

땀과 사랑이 강을 이루고,

꿈과 의지가 산이 되도록,

내 생명 바칠 곳은 오직 이 강산.

미국 유학시절
저자의 자작시

대통령 생각 요리법

祖國이여 이땅에
歷史가 있다
여 우리가 꿈에게 다겨레
이 있다 꿈과 사랑 榮光
이 江을 이루고 사랑
과 意志 내 生命 바칠
도록
곳은 오직 이 江山

부모님 슬하를 떠나면 효자가 되듯이, 이 시는 제가 미국에서 공부할 때 조국을 떠난 환경에서 나라를 사랑하고 그리워하는 저의 열정을 담아 적었던 글이다.

제가 해야 할 일은 첫째도, 둘째도 과학기술! 과학기술개발! 이 일이 지식 두뇌사회의 국가 미래를 위하여 애국 할 수 있는 길이라 확신했다. 과학기술은 국가 미래 주역인 우리 어린이들의 두뇌 창조본능을 개발시켜 줄 수 있기 때문이다.

저는 일생 동안 이 과학 기술 개발을 위한 인재양성 교육에 대해서는 특별한 관심과 최선의 노력을 기울여왔다.

한국우주소년단 총재와 국립과천과학관 관장으로서 한 역할들이 그 한 예다.

　지금도 저는 이를 위해 한시도 손을 놓지 않고 있다.

　노벨상 6인 수상자들이 함께 격려하는 '다빈치 창조 본능 프로그램(Program)'으로 이 일을 계속 이어가고 있다.

　'다빈치 창조 본능 School'은 어머니가 교사가 되고, 가정과 사회를 교실로 하여, 6인 노벨 수상자가 교장선생님이

　　　　　　　　　　　대통령 생각 요리법

되어서 인재를 양성하는 프로그램이다.

어머니는 '다빈치 맘스 퀸스 스쿨(da Vinci Moms Queens School)', 유치원생은 '다빈치 맘스 엔젤 스쿨(da Vinci Moms Angels School)', 초등학생은 '다빈치 맘스 지니어스 스쿨(da Vinci Moms Genius School)' 그리고 중학생들은 '다빈치 맘스 히어로 스쿨(da Vinci Moms Heros School)'로 이름 지어, 이름만 들어도 사기진작을 위한 엔돌핀이 팍팍 솟게 하는 수련 과정이다.

이를 위해 국가라는 거대한 가정! 가장인 대통령급 생각이 필수적으로 뒷받침되어야 한다. 그래서 이 책에 과학기술에 관련된 네 분의 대통령 이야기를 실었다.

'대통령 생각 요리법'은 우리 국민 모두도 대통령의 입장에서 생각해야 할 '국민 생각 요리법'이기도 하다.

아무튼 진리는 상식이다. 진리와 사랑을 바탕으로 하여 대통령은 국민 입장에서, 또 국민은 대통령 입장에서 맛있게 생각을 요리한 이 책 출간을 계기로 좀 더 미래를 준비하고 젊은이들이 꿈꾸는 나라가 되길 간절히 소망하면서….

존경하는 이상희님께

창의, 과학, 발명

당신께서, 이 땅에 뿌리신 씨앗입니다.

헌신과 봉사, 인내와 열정

당신이 우리에게 안겨준 긍지입니다.

백발 속에 감추어진 밝은 미소와 사랑

어둠 속에서 더욱 빛나는 당신의 모습입니다.

과학기술의 미래창조를 위해 진력하시는 당신

시대가 당신을 갈구하는 까닭입니다.

특허전문가 일동 드림

대통령 생각 요리법

이 책 발간에 따른 저자의 수익금은 다빈치창조본능스쿨에 기부합니다. 다빈치창조본능스쿨은 노벨상 수상자 6인이 시상하는 창조인재양성 프로그램으로서, 현재 유치원생은 '다빈치맘스엔젤스쿨', 초등학생은 '다빈치맘스지니어스스쿨' 그리고 중학생들은 '다빈치맘스히어로스쿨'로 운영되며, 전국적으로 많은 사람들의 애정어린 지원과 후원을 기대합니다.

감사, 감사합니다.

우리은행 1005-202-095238

(사)녹색삶지식경제연구원